朱自清文集

时光知味，醉美了流年

朱自清 | 著

黑龙江美术出版社

图书在版编目（CIP）数据

时光知味，醉美了流年：朱自清文集 / 朱自清著
. -- 哈尔滨：黑龙江美术出版社，2019.9
ISBN 978-7-5593-4794-7

Ⅰ．①时… Ⅱ．①朱… Ⅲ．①散文集—中国—现代
Ⅳ．① I266

中国版本图书馆 CIP 数据核字 (2019) 第 069608 号

SHIGUANG ZHIWEI ZUIMEI LE LIUNIAN ZHUZIQING WENJI
书　　名 / 时光知味，醉美了流年：朱自清文集
　　著 / 朱自清
责任编辑 / 郭建廷
排版制作 / 文贤阁
出版发行 / 黑龙江美术出版社
地　　址 / 哈尔滨市道里区安定街 225 号
邮政编码 /150016
发行电话 /（0451）84270522
网　　址 / www.hljmscbs.com
经　　销 / 全国新华书店
印　　刷 / 北京欣睿虹彩印刷有限公司
开　　本 /880mm × 1230mm　1/32
印　　张 /9
版　　次 /2019 年 9 月第 1 版
印　　次 /2019 年 9 月第 1 次印刷
书　　号 /ISBN 978-7-5593-4794-7
定　　价 /42.80 元

前言

preface

提起朱自清，就不得不提他的诗歌和散文。他以新诗创作蜚声文坛，而后又以散文创作饱受赞誉。朱自清的诗清新明快、淡雅别致，其早期的散文风格受到新诗的清新含蓄所影响，文笔清丽、语言质朴、感情真挚，颇有些诗人的散文味。诚然，无论是诗歌还是散文，其作品的艺术魅力是毋庸置疑的。

朱自清（1898—1948），原名自华、号秋实，改名自清，字佩弦；原籍浙江绍兴，生于江苏东海，长于江苏扬州；现代著名散文家、诗人、学者。1919年，发表第一部诗集《睡吧，小小的人》。1928年，发表第一本散文集《背影》。1923年，发表抒情长诗《毁灭》。1924年，发表《踪迹》。1934年，出版游记《欧游杂记》《伦敦杂记》。1936年，出版散文集《你我》。除了散文和诗，朱自清还在古典文学和新文学史等方面多有研究，主要论著有《新诗杂话》《经典常谈》《标准与尺度》《论雅俗共赏》《国文教学》（与叶圣陶合著）等。

朱自清的散文多有名篇，如《背影》《匆匆》《荷塘月色》

先后被选入中小学课本，成为散文和诗歌的经典。《背影》是一篇回忆性抒情散文，寥寥数语，情深意切，将一位慈父的形象栩栩如生地描绘了出来。此外，作者还写到了自己的悔恨之情。情感真挚、感人至深。《荷塘月色》是现代文学脍炙人口的佳作。作者一路写景，也一路抒情，随着景象描写的展开，构成了宁静与不宁静交替出现的感情层次，流贯在无边荷香月色里的，正是作者感触颇重的脉脉情思。

朱自清的诗风格不一，或清丽俊秀，如《睡吧，小小的人》《满月的光》等；或浓厚质朴，如《毁灭》；或激进昂扬，如《血歌》。从朱自清诗歌风格的变化，可以窥见在时代变迁中，诗人内心思想的转变。

在文笔上，朱自清给我们呈现了一场文字的华美盛宴，字字优美，读来赏心悦目；在情感上，朱自清将我们带进了一幅欢泪的生活画卷，情真意切，读来动人心魄。美却不浮躁，淡却不浅薄，这就是朱自清的文笔，朴实自然，醇厚隽永，值得一读再读，久久品味。

本书为了保证作品的原汁原味，全书内容和文字校订方面，仅改正了原著中个别错字和标点。其中的异体字、假借字等，完全按照原著保留，未做修改。希望读者在品读的过程中，能够获得情感的熏陶，接受文学的滋养！

目录

contents

散文

诗 歌

散文

新年底故事

昨天家里来了些人到厨房里煮出些肉包子，糖馒头，和三大块风糖糕来；他们倒是好人哩！娘和姊姊嫂嫂裹得好粽子；娘只许我吃一个，嫂嫂又给我一个，叫我别告诉娘；我又跟姊姊要，姊姊说我再吃不得了；——好笑，伊吃得，我吃不得！——后来郭妈妈偷给我一个，拿在手里给我看了，说替我收着，饿了好吃。

肉包子，糖馒头，风糖糕，我都吃了些，又趁娘他们不见，每样拿了几个，将袍子兜了，想藏在床里去；不想间壁一只狗跑来，尽向我身上闻，我又怕又急，只得紧紧抱着袍角儿跑；狗也跟着，我便叫起来。娘在厨房里骂我"又作死了"，又叫姊姊。一会大姊姊来了，将狗打走；夺开我的兜儿一看，说"你拿这些，还吃死了呢！"伊每样留下一个，别的都拿去了；伊收到自己床里去呢！晚间郭妈妈又和我要去一块风糖糕；我只吃了一个肉包子和糖馒头罢了。

今晚上家里桌子、椅子都披上红的、花的衫儿，好看呢！到处点着红的蜡烛；他们磕起头来，我跟着磕了一会；爸爸、娘又给他俩磕头，我也磕了。他们问我墙上挂着，画的两个人儿是谁？我说“一个男人一个女人”。娘笑说，“这是祖爷爷和祖奶奶哩！”我想他们只有这样大的！——呀！桌子摆好了！我先爬上凳子跪得高高地，筷子紧紧捏在手里；他们也都坐拢来。李二拿了好些盘菜放在桌上，又端一碗东西放在盘子中间，热气腾腾地直冒；我赶紧拿着筷子先向了几向，才伸出去；菜还没有夹着，早见娘两只眼正看着我呢，伊鼻子眼里哼了一声，我只得赸赸地将筷子缩回来，放在嘴里咂着。姊姊望着我笑，用指头括着脸羞我；我别转脸来，咕嘟着嘴不睬伊。后来娘他们都动筷子了，他们一筷一筷地夹了许多菜给我；我不管好歹，眼里只顾看着面前的一只碗，嘴里不住地嚼着。嚼到后来，忽然不要嚼了；眼里看着，心里爱着，只是菜不知怎么，都不好吃了。——我只得让他们剩在碗里，独自一个攀着桌子爬下来了。

娘房里，哥哥嫂嫂房里，姊姊房里都点着一对通红的大蜡烛；郭妈妈也将我们房里的点了，叫我去看。我要爬到桌上去看，郭妈妈不许，我便跳起来嚷着。伊大声叫道，“太太，你看，宝宝要玩蜡烛哩！”娘在伊房里说，“好儿子，别闹，你娘给好东西你吃！”伊果然拿着一盘茶果进来；又有一个红纸包儿，说是一块钱，给我“压岁”的，娘交给郭妈妈收着，说不许我瞎用。我只顾抓茶果吃，又在小箱子里拿出些我的泥宝宝来：这一个是小娘娘八月节买给我的，这一个是施伟仁送我的，这些是爸爸在上海买来的。我教他们都站在桌上，每人面前，放些茶果，叫他们吃。——呀！他们怎么不吃！我看见娘放好几碗菜在画的人儿面前，给他们吃；我的宝宝们为什么不吃呢？呵！只怕我没有磕头罢，赶快磕头罢！

郭妈妈说话了；伊抱着我说，“明天过年了，多有趣呢！”粽子，包子，都听我吃。衣服，鞋子，帽子都穿新的——要“斯文”些。舅舅家的阿龙，阿虎，娘娘家的毛头，三宝都来和我玩耍。伊说有许多地方要把戏的，只要我们不闹，便带我们去。我忙答应说，“好妈妈，宝宝是不闹的，你带了他去罢！”伊点点头，我便放心了。伊又说要买些花炮给我家来放，伊说去年我也放过；好有趣哩！伊一头说，一头拍着我，我两个眼皮儿渐渐地合拢了。

我果然同着阿龙、阿虎他们在附近一个大操场上；我抱在郭妈妈怀里，看着耍猴把戏的。那猴儿一上一下爬着杆儿，我只笑着用手不住地指着叫“咦！咦！”忽然旁边有一个人说，“他看你呢！”我仔细一看，猴儿果然在看我，便吓得要哭；那人忽然笑了一个可怕的笑，说，“看着我罢！”我又安了心。忽然一声锣响，我回头一看，我已在一个不识的人的怀里了！我哭着，叫着，挣着；耳边忽然郭妈妈说，“宝宝怎么了，妈妈在这里。不怕的！”我才晓得还在郭妈妈怀里；只不知怎么便回来了？

太阳在地板上了，郭妈妈起来。我也揉着眼睛；开眼一看，桌上我的宝宝们都睡着了——他们也要睡觉呢。青梅呢？我的小青梅呢？宝宝顶顶喜欢的青梅呢？怎么没了？我哭了。郭妈妈忙跑来问什么事，我哭着全告诉了伊。伊在桌上找了一阵；在地板上太阳里找着一片核子，说被“绿尾巴”吃了。我忙说，“唔！宝宝怕！”将头躲在伊怀里；伊说，“不怕，日里他不来的，你只要不哭好了！”我要起来，伊叫我等着，拿衣服给我穿；伊拿了一件花棉袄，棉裤，一件红而亮的袍子，一件有毛的背心，是黑的，还有双花鞋，一个有许多金宝宝的风帽；伊帮我穿了衣和鞋，手里拿着风帽，说洗了脸才许戴呢。我真喜欢那个帽，赶忙地央着郭妈妈拿水来给我洗了脸，拍了粉，又用筷子给点胭脂在我眉毛里，和鼻子上，又给我戴了风帽；说今天会有人要我做小女婿呢。我欢天喜地跑到厨房里，赶着人叫“恭喜”——这是郭妈妈教我的。一会郭妈妈端了一碗白圆子和一个粽子给我吃了；叫我跟着伊到菩萨前，点起香烛磕头，又给爸爸娘他们磕头。郭妈妈说有事去，叫我好好玩，不要弄污了衣服，毛头、三宝就要来了。

好多时，毛头、三宝和小娘娘都来了。我和他们忙着办菜给我的泥宝宝吃；正拿着些点心果子，切呀剥的，郭妈妈走来，说带我们上街去。我们立刻丢下那些跟着他走。街上门都关着；我们常买落花生的小店也关了。一处处有“斯奉斯奉昌……镗镗镗镗鞈”底声音。我问郭妈妈，伊说是打锣鼓呢。又看见一家门口一个人一只手拿着一挂红红白白的东西，一搭一搭的，那只手拿着一根“煤头”要烧；郭妈妈忙说，“放爆竹了。”叫我们站住，用手闭了耳朵，伊说“不要怕，有我呢”。我见那爆竹一个个地跳了开去，仿佛有些响，右手这一松，只听见“劈！拍！”我一只耳朵几乎震聋了，赶紧地将他闭好，将身子紧紧挨着郭妈妈，一动也不敢动。爆竹只怕不放了，郭妈妈叫我们放下手，我只是指着不肯放；郭妈妈气着说，“你看这孩子！……”伊将我的手硬拖下来了。走了不远，有一个摊儿；我们近前一看，花花绿绿的，好东西多着呢！我央着郭妈妈买。伊给我买了一副黑眼镜，一个鬼脸，一个胡须，一把木刀，又给毛头买了一个胡须，给三宝买了一个胡须。我戴了眼镜，叫郭妈妈给我安了胡须；又趁三宝看着我，将伊手里的胡须夺了就跑，三宝哭了，毛头走来追我。我一个不留意，将右脚踏在水潭里，心里着急，想娘又要骂了。毛头已将胡须拿给三宝；他们和郭妈妈走来。伊说我一顿，我只有哭了；伊又抱起我说，“好宝宝，别哭，郭妈妈回来给你换一双，包不叫娘晓得；只下次再不许这样了。”我答应我们就回来了。

今晚是初五了。郭妈妈和我说，明天新衣服要脱下来，椅子桌子红的，花的衫儿也不许穿了，粽子，肉包子，糖馒头，风糖糕，只有明天一早好吃了；阿龙，阿虎他们都不来了；叫我安稳些，好等后天上学堂念书罢！他们真动手将桌子，椅子底衫儿脱下，墙上画的人儿也卷起了。我一毫不想玩耍，只睡在床上哭着。郭妈妈拿了一枝快点完的红蜡烛，到床边问道，“你又怎么了？谁给气宝宝受；妈妈是不依的！”我说“现在年不过了！”伊说，“痴孩子，为这个么！我是骗骗你的；明天我们正要到舅舅家过年去呢！起来罢，别哭了。”我听了伊的话，笑着坐起来，问道，“妈妈，是真的么？别哄你宝宝哩。”

别

他长久没有想到伊和八儿了；倘使想到累人的他们，怕只招些烦厌罢。

这一天，他母亲寄信给他，说家里光景不好，已叫人送伊和八儿来了。他吃了一惊，想："可麻烦哩！"但这是不可免的；他只得等着。一直几天，他们没来，他不由有些焦躁——不屑的焦躁；那藏在烦厌中的期待底情开始摇撼他柔弱的心了。

晚上他接着伊父亲的信片，说他们明天准来。可是刮了一夜底北风，接着便是纷纷的大雪。他早起从楼上外望迷迷茫茫的，像一张洁白的绒毡儿将大地裹着；大地怕寒，便整个儿缩在毡里去了。天空静荡荡的，不见一只鸟儿，只有整千整万的雪花鹅毛片似的"白战"着。他呆呆的看，心里盘算，"只怕又来不成了哩！该诅咒的雪，你早不好落，迟不好落，偏选在今天落，不是故意欺负我，不给我做美么？——但是信上说来，他们必晓得我在车站接，会叫我白跑么？——我若不去，岂不叫他们失望？……"

午饭后雪落得愈紧。他匆匆乘车上车站去。在没遮拦的月台上，足足吃够一点多钟底风，火车才来了。客人们纷纷地上下，小工们忙忙地搬运；一种低缓而嘈杂的声浪在稠密的空气中浮沉着。他立在月台上，目不转睛地看着每个走过他面前的人。走过的都走过了，哪里有伊和八儿底影儿？——连有些像的也无。他不信，走到月台那头去看，又到出口去看，确是没有——他想，他们一定搭下一班车来了。

一切都如前了，他——只有他——只在月台上徘徊。警察走过，盯了他一眼，他却不理会。车来时，他照样热心地去看每个下车的搭客，但他的努力显然又落了空。

晚上最后一班车来了，他们终于没有来。他恼了，没精打采地冲寒冒雪而回——一路上想，“再不接他们了，也别望他们了！”但到了屋里，便自回心转意：“这么大的雪，也难怪他们，……得知几时晴哩？雪住了便可来了罢？落得小些也可动身了罢？”

两天匆匆过去，雪是一直没有止。那晚上他独自在房里坐，仆人走来说，有人送了一个女人和孩子来了。他诧异地听着。这于他确是意外——窗外的雪还在落呵。他下楼和他们相见，伊推着八儿说：“看——谁来了？”八儿回头道：“唔……爸爸。”他没有说话，只低低叫声：“跟我来罢。”

他们到楼上安顿了东西。伊说前天大雪，伊父亲怕八儿冻着，所以没有来；他教等天晴再走罢。但伊看了两天，天是一时不会晴的了，老等着，谁耐烦？所以决然动身。他听了，不开口。他们沉默了一会。那时他的朋友们都已晓得他的喜事——他住的一所房子原是公寓之类；楼上有好几个朋友们同住——哄着来看伊。他逐一介绍了，伊微低着头向他们鞠躬。他们坐了一会，彼此谈着，问了伊些话。伊只用简单的句子低低地、缓缓地答复。他想，伊大约怕"蓦生"哩！这时他忽然感着一种隐藏的不安；那不安底情原从他母亲信里捎来，可是他到现在才明白地感觉到了。——其实那时的屋里，所有的于谁都是"蓦生"的，谁底生命流里不曾被丢了瓦砾，掀起不安的波浪呢？但丢给他俩的大些，波动自然也有力些，所以便分外感着了。于是他们坐坐无聊，都告辞了。他俩显然觉得有些异样。这个异样，教他俩不能即时联合——他们不曾说话；电灯底光确和往日不同，光里一切，自然也都变化。在他俩眼里，包围着他们的，都是偶力底漩涡：坐的椅子，面前的桌子，桌上的墨水瓶，瓶里墨水底每一滴，像都由那些漩涡支持着；漩涡呢，自然是不安和欢乐底交流了。

电灯灭了，一切都寂静，他们也自睡下。渐渐有些唧唧哝哝底声音——半夜底话终于将那不安"消毒"了，欢乐弥漫着他俩间，他俩便这般联合了，和他们最近分别前的一秒时一样。

第二天，他们雇定一个女仆。第三天清早便打发那送的人回去。简陋而甜蜜的家，这样在那松铺着的沙上筑起来了。他照常教他的书，伊愿意给他烧饭，伊不喜欢吃公寓里的饭，也不欢喜他吃。他俩商量的结果，只有由伊自己在房里烧了。但伊并未做惯这事，孩子又只磨着伊，新地方市场底情形，伊也不熟悉。所以几天过后，便自懊恼着；但为他的缘故，终于耐着心，习惯自然了。他有时也嫌房里充满厨灶的空气，又不耐听孩子惫赖的声音，教他不能读书，便着了急，只绕着桌子打旋。但走过几转，看看正在工作的伊，也只好叹口气，谅解伊了。有时他俩却也会因这些事反目。可是照例不能坚持——不是伊，便是他，忍不住先道歉了，那一个就也笑笑。他俩这样爱着过活——虽不十分自然——，转眼已是一年些了。

但是有一件可厌的，而不可避的事，伊一个月后便要生产。他俩从不曾仔细想过这个，现在却都愁着。公寓不用说是不便的。他母亲信上说："可以入医院，有我来照料"；父亲却宁愿伊和八儿回家。他晓得母亲是爱游逛，爱买东西的，来去又要人送——所费必不得少。倘伊家也有人来监产——一定会有的——，那可怎么办呢？非百元不可了！其实家里若能来一女仆，和八儿亲热的，领领他，伊便也可安然到医院去。但他怎好和母亲说，不要伊来呢？又怎好禁止岳家底人呢？他不得不想到怎样急切地凑着一百元了。可以想到的都已想到，最后——最后了，他的心只能战战地答道："否！"——于是一切都完了，他郑重地告诉伊："现在只有回去了！"为一百元底缘故，他俩不得不暂时贱卖那爱底生活了。

伊忽然一噤，像被针刺了那样，掩着面坐下哭了。八儿正在玩耍，回头看见，忙跑近伊，摇着伊膝头，恳求似地望着伊说：“娘，不淌眼泪！”伊毫不理会。孩子脸一苦，哭嚷道：“看不见娘，看不见娘了！”——他呢，却懵腾腾的，只想搜出些有力的话安慰伊。话倒有，可不知说那一句好？便呆呆地看在伊的手捂着的，和八儿泪洗着的脸上。半晌，才嗫嚅着挣出三个字道：“别哭罢！”以下可再说不上来了！正窘着，恰好想到一件事，就撇开了伊们，寻出纸笔，写信给家里，叫那回送伊来的再接伊去。写好，走出交女仆去发。伊早住了哭痴痴地想，八儿倚着伊不作声。他悄走近前，拍伊肩头一下。伊大吃一吓，看了看是他，微笑说，“刚才真无谓哩！”

第三晚上，孩子睡下了，接的人走进房里，伊像触着闪电似的，一缕酸意立时沦浃了周身底纤维。伊的眼一眨，撑不住要哭了，赶快别过脸去，竭力忍住，小声儿抽咽着。半晌，才好了。他问那人底话，伊只仔仔细细端详着。那人喉底一发声，头底一转动，都能增加伊思想底力量，教伊能够明明白白记起一直以前的事：婆婆怎样怂恿伊走；伊怎样忙着整装，怎样由那人伴上轮船、火车，八儿怎样淘气；伊怎样见着父亲，最后——怎样见了他。……伊寻着已失的锁钥，打开尘封着的记忆底箱，满眼都流着快乐呵！伊的确忘记了现在，直到他问完话，那人走出去了。于是伊凝一凝神，回复了伊现在的伊；现在便掺着伊的泪囊，伊可再禁不住，只好听他横流了！他也只躺在床上，不敢起来，全不能安慰伊，等到晓得伊确已不哭了，才拿了那半湿的手帕，走过去给伊揩剩在脸上的泪。又悄悄地说：“后天走罢，明天街上买点东西带着。……”伊叹口气，含着泪微微地点头。那时接的人已经鼾睡，他俩也只有睡下。

第二天他们有说有笑的，和平常一样。但他要伊同出去时，伊却回说，“心里不好，不去了。”他晚上回来，伊早将行李整理好，孩子也已睡了。伊教他看了行李。指点着和他说：“你的东西，我也给你收拾了。皮袍在大箱里，天气热起来也可叫听差拿去晒晒，别让它霉了——霉了就可惜了。小衫裤和袜子、帕儿，都在小提箱里。剪刀、线板，也放在里面。那边抽屉里还剩下些猪油和盐。我给你买了十个鸡蛋，放在这罐里，你饿时自在煤油炉上炖炖吃罢。今天饭菜吃不了，也拿来放在抽屉里，你明天好独自吃两餐安稳饭——孩子在这里，到底吵着你——，后天再和他们一桌吃不迟。”……伊声音有些岔了，他也听得呆了，竟不知身子在那里。他的泪不和他商议，热滚滚直滴下来了。他赶紧趁伊不见，掏出帕儿揩干。伊可也再说不出什么，只坐在一旁出神。他叫送的人进来，将伊的帐子卸下。铺盖卷了，——便省得明早忙了。于是伊仅剩的安慰从伊心里榨出，伊觉得两手都空着了。四面光景逼迫着伊，叫伊拿什么抵御呢？伊只得由自己躺下，被蒙在伊流泪如水的脸上。那时他眼见伊睡了一年多的床渐渐异样了，只微微微微地嘘气，像要将他血里所有愁底种子借着肺力一粒粒地呼出一般。床是空了，他忽然诧异地看着，一年前空着的床为什支了帐子、放了铺盖呢？支了、放了，又为甚卸了、卷了呢？这确有些奇怪。他踌躇了一会——忽然想起来了，“伊呢？”伊已是泪人儿了，他可怎么办呢？他亲亲切切地安慰伊些话，但是毫不着力，而且全不自然，他终于彷徨无措呜呜咽咽哭了。伊却又给他揩眼泪，带着鼻音说：“我心里像被凌迟一般！”一会又抽咽着说：“我走后，你别伤心！晚上早些睡，躺下总得自己将被盖上——着了凉谁问你呢？”……他一面拭泪，一面听着，可是不甚明白伊的意思，只觉他的心弦和伊的声带合奏着不可辨认的微妙的悲调，神经也便律动着罢了。那时睡神可怜他们，渐渐引诱他们入梦。但伊这瞬间的心是世界上最不容易被诱惑的东西之一，所以不久便又从梦中哭醒；他也惊觉了。大黑暗微睁开惺忪的两眼，告诉朝阳便将到来了。

他们躺了一会，起来，孩子也醒了，天光已是大亮。他叫起那接的人。大家胡乱洗了脸。他俩不想吃什么，只拿些点心给八儿和那人吃了。那人出去雇好车子。他们叫女仆来，算清工钱，打发伊走路。车夫将伊的行李搬完，他俩便锁门下去。女仆抱着八儿送到门口，将他递给车上的伊。他忽然不肯，倾着身大张开两臂，哭着喊着要女仆抱：“家家！……家家！”伊脸上不由也流露寂寞底颜色他母亲只得狠狠心轻拍了他两下，硬抱过去，车子便拉动了。他看见街上的热闹光景，高高兴兴指点着，全忘记刚才的悲哀。他们到了车站，黑压压满都是人，哄哄底声音搅浑了脑子。他让伊和八儿在一张靠椅上坐下，教接的人去买车票，写行李票。他便一面看着行李，一面盼着票子，——这样迫切地盼着，旅客们信步的踯躅，惶急的问讯，在他都模模糊糊的无甚意义了。但这些却全看在伊的眼、听在伊的耳、塞在伊的脑里，伊再没有自由思想底余地，伊的身子好像浮着在云雾里一般。那时接的人已在行李房门前垫着脚，伸着头，向里张着；房里满挤着人，房外乱摊着箱、篮、铺盖之类。大家都抢着将自己的东西从人缝里往里塞；塞时人们底行列微微屈曲，塞了便又依然。他这时走过去，帮接的人将伊的行李好容易也抬到房里，写了票子，才放了心。他们便都走到月台上候车，八儿已经睡着，伊痴着眼不说话。他只盘旋着，时时探着头，看轨道尽处，火车来了没有？——呜呜……来了！人们波一般暂时退下，静着，倾斜了身子，预备上去。眩人眼的列车懒懒地停住，乘客如潮地涌上。他抱了八儿，一手遮着伊，挣扎了几次，才上了车。匆忙里找了一个坐位，让伊歇下。伊抱过八儿；他上车时哼了哼，便又睡着了。接的人也走来。他嘱咐他些话。伊说："你去罢。"他说等一会不要紧，可也只能立着说不出话。但是警笛响了，再不能延捱！伊默默地将八儿抱近他，他噙泪低头在他红着的小颊上轻轻地亲了一下。用力睁着眼，沙声说："我去了！"便头也不回下车匆匆走了！伊从窗里望着，直到眼里没有一些他的影子，才发见两行热泪早已流在伊的脸上了。伊掏出帕儿揩干。火车已经开动，微风从伊最后见他的窗里吹来，伊像做梦一般。……

他回来紧闭了门，躺在床上空想；他坐不住，所以躺了。他细味他俩最近的几页可爱的历史。想一节伤一回心；但他宁愿这样甜蜜的伤心。他又想起伊怎样无微不至地爱他，他痛苦时伊又怎样安慰他。但他怎样待伊呢？他不曾容忍过伊仅有的、微细的谴谪，他常用语言压迫伊，伊的心受了伤，便因此哭了！他是怎样“酷虐”！他该怎样对伊抱歉呵！但伊是去了，他将向谁忏悔呢？他所曾施的压迫将转而压迫他自己罢！

他似乎全被伊占领了，那晚没有吃饭。电灯快灭时，他懒懒地起来，脱了衣服，便重又睡下。他忽然觉着，屋里是太沉默了！被儿、褥儿、枕儿、帐儿，都板板向他，也这样彼此向着。寒心的沉默严霜似的裹着他的周围。——“虚幻的，朋友们，你们曾有的，伊和我同在时，你们曾有的，狂醉，在那里了呢？”这或者——或者和他自己，都给伊带去了么？但是屋里始终如死地沉默着。

唉！累人想到的伊呵！

匆　匆

燕子去了，有再来的时候；杨柳枯了，有再青的时候；桃花谢了，有再开的时候。但是，聪明的，你告诉我，我们的日子为什么一去不复返呢？——是有人偷了他们罢：那是谁？又藏在何处呢？是他们自己逃走了罢：现在又到了哪里呢？

我不知道他们给了我多少日子；但我的手确乎是渐渐空虚了。在默默里算着，八千多日子已经从我手中溜去；像针尖上一滴水滴在大海里，我的日子滴在时间的流里，没有声音，也没有影子。我不禁头涔涔而泪潸潸了。

去的尽管去了，来的尽管来着；去来的中间，又怎样地匆匆呢？早上我起来的时候，小屋里射进两三方斜斜的太阳。太阳他有脚啊，轻轻悄悄地挪移了；我也茫茫然跟着旋转。于是——洗手的时候，日子从水盆里过去；吃饭的时候，日子从饭碗里过去；默默时，便从凝然的双眼前过去。我觉察他去的匆匆了，伸出手遮挽时，他又从遮挽着的手边过去，天黑时，我躺在床上，他便伶伶俐俐地从我身上跨过，从我脚边飞去了。等我睁开眼和太阳再见，这算又溜走了一日。我掩着面叹息。但是新来的日子的影儿又开始在叹息里闪过了。

在逃去如飞的日子里，在千门万户的世界里的我能做些什么呢？只有徘徊罢了，只有匆匆罢了；在八千多日的匆匆里，除徘徊外，又剩些什么呢？过去的日子如轻烟，被微风吹散了，如薄雾，被初阳蒸融了；我留着些什么痕迹呢？我何曾留着像游丝样的痕迹呢？我赤裸裸来到这世界，转眼间也将赤裸裸的回去罢？但不能平的，为什么偏要白白走这一遭啊？

你聪明的，告诉我，我们的日子为什么一去不复返呢？

桨声灯影里的秦淮河

一九二三年八月的一晚，我和平伯[①]同游秦淮河；平伯是初泛，我是重来了。我们雇了一只“七板子”，在夕阳已去，皎月方来的时候，便下了船。于是桨声汩——汩，我们开始领略那晃荡着蔷薇色的历史的秦淮河的滋味了。

秦淮河里的船，比北京万生园，颐和园的船好，比西湖的船好，比扬州瘦西湖的船也好。这几处的船不是觉着笨，就是觉着简陋、局促；都不能引起乘客们的情韵，如秦淮河的船一样。秦淮河的船约略可分为两种：一是大船；一是小船，就是所谓“七板子”。大船舱口阔大，可容二三十人。里面陈设着字画和光洁的红木家具，桌上一律嵌着冰凉的大理石面。窗格雕镂颇细，使人起柔腻之感。窗格里映着红色蓝色的玻璃；玻璃上有精致的花纹，也颇悦人目。“七板子”规模虽不及大船，但那淡蓝色的栏杆，空敞的舱，也足系人情思。而最出色处却在它的舱前。舱前是甲

① 平伯：即俞平伯，现代著名诗人、散文家，著有《冬夜》《燕知草》等。

板上的一部。上面有弧形的顶，两边用疏疏的栏杆支着。里面通常放着两张藤的躺椅。躺下，可以谈天，可以望远，可以顾盼两岸的河房。大船上也有这个，便在小船上更觉清隽罢了。舱前的顶下，一律悬着灯彩；灯的多少，明暗，彩苏的精粗，艳晦，是不一的。但好歹总还你一个灯彩。这灯彩实在是最能钩人的东西。夜幕垂垂地下来时，大小船上都点起灯火。从两重玻璃里映出那辐射着的黄黄的散光，反晕出一片朦胧的烟霭；透过这烟霭，在黯黯的水波里，又逗起缕缕的明漪。在这薄霭和微漪里，听着那悠然的间歇的桨声，谁能不被引入他的美梦去呢？只愁梦太多了，这些大小船儿如何载得起呀？我们这时模模糊糊的谈着明末的秦淮河的艳迹，如《桃花扇》及《板桥杂记》里所载的。我们真神往了。我们仿佛亲见那时华灯映水，画舫凌波的光景了。于是我们的船便成了历史的重载了。我们终于恍然秦淮河的船所以雅丽过于他处，而又有奇异的吸引力的，实在是许多历史的影像使然了。

秦淮河的水是碧阴阴的；看起来厚而不腻，或者是六朝金粉所凝么？我们初上船的时候，天色还未断黑，那漾漾的柔波是这样的恬静，委婉，使我们一面有水阔天空之想，一面又憧憬着纸醉金迷之境了。等到灯火明时，阴阴的变为沉沉了：黯淡的水光，像梦一般；那偶然闪烁着的光芒，就是梦的眼睛了。我们坐在舱前，因了那隆起的顶棚，仿佛总是昂着首向前走着似的；于是飘飘然如御风而行的我们，看着那些自在的湾泊着的船，船里走马灯般的人物，便像是下界一般，迢迢的远了，又像在雾里看花，尽朦朦胧胧的。这时我们已过了利涉桥，望见东关头了。沿路听见断续的歌声：有从沿河的妓楼飘来的，有从河上船里度来的。我们明知那些歌声，只是些因袭的言词，从生涩的歌喉里机械的发出来的；但它们经了夏夜的微风的吹漾和水波的摇拂，袅娜着到我们耳边的时候，已经不单是她们的歌声，而混着微风和河水的密语了。于是我们不得不被牵惹着，震撼着，相与浮沉于这歌声里了。从东关头转湾，不久就到大中桥。大中桥共有三个桥拱，都很阔大，俨然是三座门儿；使我们觉得我们的船和船里的我们，在桥下过去时，真是太无颜色了。桥砖是深褐色，表明它的历史的长久；但都完好无缺，令人太息于古昔工程的坚美。桥上两旁都是木壁的房子，中间应该有街路？这些房子都破旧了，多年烟熏的迹，遮没了当年的美丽。我想象秦淮河的极盛时，在这样宏阔的桥上，特地盖了房子，必然是髹漆得富富丽丽的；晚间必然是灯火通明的。现在却只剩下一片黑沉沉！但是桥上造着房子，毕竟使我们多少可以想见往日的繁华；这也慰情聊胜无了。过了大中桥，便到了灯月交辉，笙歌彻夜的秦淮河；这才是秦淮河的真面目哩。

大中桥外，顿然空阔，和桥内两岸排着密密的人家的大异了。

一眼望去，疏疏的林，淡淡的月，衬着蓝蔚的天，颇像荒江野渡光景；那边呢，郁丛丛的，阴森森的，又似乎藏着无边的黑暗：令人几乎不信那是繁华的秦淮河了。但是河中眩晕着的灯光，纵横着的画舫，悠扬着的笛韵，夹着那吱吱的胡琴声，终于使我们认识绿如茵陈酒的秦淮水了。此地天裸露着的多些，故觉夜来的独迟些；从清清的水影里，我们感到的只是薄薄的夜——这正是秦淮河的夜。大中桥外，本来还有一座复成桥，是船夫口中的我们的游踪尽处，或也是秦淮河繁华的尽处了。我的脚曾踏过复成桥的脊，在十三四岁的时候。但是两次游秦淮河，却都不曾见着复成桥的面；明知总在前途的，却常觉得有些虚无缥缈似的。我想，不见倒也好。这时正是盛夏。我们下船后，借着新生的晚凉和河上的微风，暑气已渐渐销散；到了此地，豁然开朗，身子顿然轻了——习习的清风荏苒在面上，手上，衣上，这便又感到了一缕新凉了。南京的日光，大概没有杭州猛烈；西湖的夏夜老是热蓬蓬的，水像沸着一般，秦淮河的水却尽是这样冷冷地绿着。任你人影的憧憧，歌声的扰扰，总像隔着一层薄薄的绿纱面幂[①]似的；它尽是这样静静的，冷冷的绿着。我们出了大中桥，走不上半里路，船夫便将船划到一旁，停了桨由它宕着。他以为那里正是繁华的极点，再过去就是荒凉了；所以让

① 面幂：面罩的意思。

我们多多赏鉴一会儿。他自己却静静的蹲着。他是看惯这光景的了，大约只是一个无可无不可。这无可无不可，无论是升的沉的，总之，都比我们高了。

那时河里闹热极了；船大半泊着，小半在水上穿梭似的来往。停泊着的都在近市的那一边，我们的船自然也夹在其中。因为这边略略的挤，便觉得那边十分的疏了。在每一只船从那边过去时，我们能画出它的轻轻的影和曲曲的波，在我们的心上；这显着是空，且显着是静了。那时处处都是歌声和凄厉的胡琴声，圆润的喉咙，确乎是很少的。但那生涩的，尖脆的调子能使人有少年的，粗率不拘的感觉，也正可快我们的意。况且多少隔开些儿听着，因为想象与渴慕的做美，总觉更有滋味；而竞发的喧嚣，抑扬的不齐，远近的杂沓，和乐器的嘈嘈切切，合成另一意味的谐音，也使我们无所适从，如随着大风而走。这实在因为我们的心枯涩久了，变为脆弱；故偶然润泽一下，便疯狂似的不能自主了。但秦淮河确也腻人。即如船里的人面，无论是和我们一堆儿泊着的，无论是从我们眼前过去的，总是模模糊糊的，甚至渺渺茫茫的；任你张圆了眼睛，揩净了眦垢，也是枉然。这真够人想呢。在我们停泊的地方，灯光原是纷然的；不过这些灯光都是黄而有晕的。黄已经不能明了，再加上了晕，便更不成了。灯愈多，晕就愈甚；在繁星般的黄的交错里，秦淮河仿佛笼上了一团光雾。光芒与雾气腾腾的晕着，什么都只剩了轮廓了；所以人面的详细的曲线，便消失于我们的眼底了。但灯光究竟夺不了那边的月色；灯光是浑的，月色是清的，在浑沌的灯光里，渗入了一派清辉，却真是奇迹！那晚月儿已瘦削了两三分。她晚妆才罢，盈盈的上了柳梢头。天是蓝得可爱，仿佛一汪水似的；月儿便更出落得精神了。岸上原有三株两株的垂杨树，淡淡的影子，在水里摇曳着。它们那柔细的枝条浴着月光，就像一支支美人的臂膊，交互的缠着，挽着；又像是月儿披着的发。而月儿偶然也从它们的交叉处偷偷窥看我们，大有小姑娘怕羞的样子。岸上另有几株不知名的老树，光光的立着；在月光里照起来。却又俨然是精神矍铄的老人。远处——快到天际线了，才有一两片白云，亮得现出异彩，像美丽的贝壳一般。白云下便是黑黑的一带轮廓；是一条随意画的不规则的曲线。这一段光景，和河中的风味大异了。但灯与月竟能并存着，交融着，使月成了缠绵的月，灯射着渺渺的灵辉；这正是天之所以厚秦淮河，也正是天之所以厚我们了。

这时却遇着了难解的纠纷。秦淮河上原有一种歌妓，是以歌为业的。从前都在茶舫上，唱些大曲之类。每日午后一时起；什么时候止，却忘记了。晚上照样也有一回。也在黄晕的灯光里。我从前过南京时，曾随着朋友去听过两次。因为茶舫里的人脸太多了，觉得不大适意，终于听不出所以然。前年听说歌妓被取缔了，不知怎的，颇涉想了几次——却想不出什么。这次到南京，先到茶舫上去看看，觉得颇是寂寥，令我无端的怅怅了。不料她们却仍在秦淮河里挣扎着，不料她们竟会纠缠到我们，我于是很张皇了。她们也乘着“七板子”，她们总是坐在舱前的。舱前点着石油汽灯，光亮眩人眼目：坐在下面的，自然是纤毫毕见了——引诱客人们的力量，也便在此了。舱里躲着乐工等人，映着汽灯的余辉蠕动着；他们是永远不被注意的。每船的歌妓大约都是二人；天色一黑，她们的船就在大中桥外往来不息的兜生意。无论行着的船，泊着的船，都要来兜揽的。这都是我后来推想出来的。那晚不知怎样，忽然轮着我们的船了。我们的船好好的停着，一只歌舫划向我们来的；渐渐和我们的船并着了。铄铄的灯光逼得我们皱起了眉头；我们的风尘色全给它托出来了，这使我踧踖不安了。那时一个伙计跨过船来，拿着摊开的歌折，就近塞向我的手里，说，“点几出吧”！他跨过来的时候，我们船上似乎有许多眼光跟着。同时相近的别的船上也似乎有许多眼睛炯炯的向我们船上看着。我真窘了！我也装出大方的样子，向歌妓们瞥了一眼，但究竟是不成的！我勉强将那歌折翻了一翻，却不曾看清了几个字；便赶紧递还那伙计，一面不好意思地说，“不要，我们……不要。”他便塞给平伯。平伯掉转头去，摇手说，“不要！”那人还腻着不走。平伯又回过脸来，摇着头道，“不要！”于是那人重到我处。我窘着再拒绝了他。他这才有所不屑似的走了。我的心立刻放下，如释了重负一般。我们就开始自白了。

我说我受了道德律的压迫，拒绝了她们；心里似乎很抱歉的。这所谓抱歉，一面对于她们，一面对于我自己。她们于我们虽然没有很奢的希望；但总有些希望的。我们拒绝了她们，无论理由如何充足，却使她们的希望受了伤；这总有几分不做美了。这是我觉得很怅怅的。至于我自己，更有一种不足之感。我这时被四面的歌声诱惑了，降服了；但是远远的，远远的歌声总仿佛隔着重衣搔痒似的，越搔越搔不着痒处。我于是憧憬着贴耳的妙音了。在歌舫划来时，我的憧憬，变为盼望；我固执的盼望着，有如饥渴。虽然从浅薄的经验里，也能够推知，那贴耳的歌声，将剥去了一切的美妙；但一个平常的人像我的，谁愿凭了理性之力去丑化未来呢？我宁愿自己骗着了。不过我的社会感性是很敏锐的；我的思力能拆穿道德律的西洋镜，而我的感情却终于被它压服着，我于是有所顾忌了，尤其是在众目昭彰的时候。道德律的力，本来是民众赋予的；在民众的面前，自然更显出它的威严了。我这时一面盼望，一面却感到了两重的禁制：一，在通俗的意义上，接近妓者总算一种不正当的行为；二，妓是一种不健全的职业，我们对于她们，应有哀矜勿喜之心，不应赏玩的去听她们的歌。在众目睽睽之下，这两种思想在我心里最为旺盛。她们暂时压倒了我的听歌的盼望，这便成就了我的灰色的拒绝。那时的心实在异常状态中，觉得颇是昏乱。歌舫去了，暂时宁靖之后，我的思绪又如潮涌了。两个相反的意思在我心头往复：卖歌和卖淫不同，听歌和狎妓不同，又干道德甚事？——但是，但是，她们既被逼的以歌为业，她们的歌必无艺术味的；况她们的身世，我们究竟该同情的。所以拒绝倒也是正办。但这些意思终于不曾撇开我的听歌的盼望。它力量异常坚强；它总想将别的思绪踏在脚下。从这重重的争斗里，我感到了浓厚的不足之感。这不足之感使我的心盘旋不安，起坐都不安宁了。唉！我承认我是一个自私的人！平伯呢，却与我不同。他引周启明先生的诗，"因为我有妻子，所以我爱一切的女人，因为我有子女，所以我爱一切的孩子。"①他的意思可以见了。他因为推及的同情，爱着那些歌妓，并且尊重着她们，所以拒绝了她们。在这种情形下，他自然以为听歌是对于她们的一种侮辱。但他也是想听歌的，虽然不和我一样，所以在他的心中，当然也有一番小小的争斗；争斗的结果，是同情胜了。至于道德律，在他是没有什么的；因为他很有蔑视一切的倾向，民众的力量在他是不大觉着的。这时他的心意的活动比较简单，又比较松弱，故事后还怡然自若；我却不能了。这里平伯又比我高了。

在我们谈话中间，又来了两只歌舫。伙计照前一样的请我们

---

① 原诗是："我为了自己的儿女才爱小孩子，为了自己的妻才爱女人。"

点戏，我们照前一样的拒绝了。我受了三次窘，心里的不安更甚了。清艳的夜景也为之减色。船夫大约因为要赶第二趟生意，催着我们回去；我们无可无不可的答应了。我们渐渐和那些晕黄的灯光远了，只有些月色冷清清的随着我们的归舟。我们的船竟没个伴儿，秦淮河的夜正长哩！到大中桥近处，才遇着一只来船。这是一只载妓的板船，黑漆漆的没有一点光。船头上坐着一个妓女；暗里看出，白地小花的衫子，黑的下衣。她手里拉着胡琴，口里唱着青衫的调子。她唱得响亮而圆转；当她的船箭一般驶过去时，余音还袅袅的在我们耳际，使我们倾听而向往。想不到在弩末的游踪里，还能领略到这样的清歌！这时船过大中桥了，森森的水影，如黑暗张着巨口，要将我们的船吞了下去。我们回顾那渺渺的黄光，不胜依恋之情；我们感到了寂寞了！这一段地方夜色甚浓，又有两头的灯火招邀着；桥外的灯火不用说了，过了桥另有东关头疏疏的灯火。我们忽然仰头看见依人的素月，不觉深悔归来之早了！走过东关头，有一两只大船湾泊着，又有几只船向我们来着。嚣嚣的一阵歌声人语，仿佛笑我们无伴的孤舟哩。东关头转湾，河上的夜色更浓了；临水的妓楼上，时时从帘缝里射出一线一线的灯光；仿佛黑暗从酣睡里眨了一眨眼。我们默然的对着，静听那汩——汩的桨声，几乎要入睡了；朦胧里却温寻着适才的繁华的余味。我那不安的心在静里愈显活跃了！这时我们都有了不足之感，而我的更其浓厚。我们却又不愿回去，于是只能由懊悔而怅惘了。船里便满载着怅惘了。直到利涉桥下，微微嘈杂的人声，才使我豁然一惊；那光景却又不同。右岸的河房里，都大开了窗户，里面亮着晃晃的电灯，电灯的光射到水上，蜿蜒曲折，闪闪不息，正如跳舞着的仙女的臂膊。我们的船已在她的臂膊里了；如睡在摇篮里一样，倦了的我们便又入梦了。那电灯下的人物，只觉像蚂蚁一般，更不去萦念。这是最后的梦；可惜是最短的梦！黑暗重复落在我们面前，我们看见傍岸的空船上一星两星的，枯燥无力又摇摇不定的灯光。我们的梦醒了，我们知道就要上岸了；我们心里充满了幻灭的情思。

温州的踪迹

一　“月朦胧，鸟朦胧，帘卷海棠红”

这是一张尺多宽的小小的横幅，马孟容君画的。上方的左角，斜着一卷绿色的帘子，稀疏而长；当纸的直处三分之一，横处三分之二。帘子中央，着一黄色的，茶壶嘴似的钩儿——就是所谓软金钩么？“钩弯”垂着双穗，石青色；丝缕微乱，若小曳于轻风中。纸右一圆月，淡淡的青光遍满纸上；月的纯净，柔软与平和，如一张睡美人的脸。从帘的上端向右斜伸而下，是一枝交缠的海棠花。花叶扶疏，上下错落着，共有五丛；或散或密，都玲珑有致。叶嫩绿色，仿佛掐得出水似的；在月光中掩映着，微微有浅深之别。花正盛开，红艳欲流；黄色的雄蕊历历的，闪闪的。衬托在丛绿之间，格外觉着妖娆了。枝欹斜而腾挪，如少女的一只臂膊。枝上歇着一对黑色的八哥，背着月光，向着帘里。一只歇得高些，小小的眼儿半睁半闭的，似乎在入梦之前，还有所留恋似的。那低些的一只别过脸来对着这一只，已缩着颈儿睡了。帘下是空空的，不着一些痕迹。

试想在圆月朦胧之夜，海棠是这样的妩媚而嫣润；枝头的好鸟为什么却双栖而各梦呢？在这夜深人静的当儿，那高踞着的一只八哥儿，又为何尽撑着眼皮儿不肯睡去呢？他到底等什么来着？舍不得那淡淡的月儿么？舍不得那疏疏的帘儿么？不，不，不，您得到帘下去找，您得向帘中去找——您该找着那卷帘人了？他的情韵风怀，原是这样这样的哟！朦胧的岂独月呢；岂独鸟呢？但是，咫尺天涯，教我如何耐得？我拼着千呼万唤；你能够出来么？

这页画布局那样经济，设色那样柔活，故精彩足以动人。虽是区区尺幅，而情韵之厚，已足沦肌浃髓而有余。我看了这画，瞿然而惊；留恋之怀，不能自已。故将所感受的印象细细写出，以志这一段因缘。但我于中西的画都是门外汉，所说的话不免为内行所笑。——那也只好由他了。

二　绿

我第二次到仙岩[①]的时候，我惊诧于梅雨潭的绿了。

梅雨潭是一个瀑布潭。仙岩有三个瀑布，梅雨瀑最低。走到山边，便听见花花花花的声音；抬起头，镶在两条湿湿的黑边儿里的，一带白而发亮的水便呈现于眼前了。我们先到梅雨亭。梅雨亭正对着那条瀑布；坐在亭边，不必仰头，便可见它的全体了。亭下深深的便是梅雨潭。这个亭踞在突出的一角的岩石上，上下都空空儿的；仿佛一只苍鹰展着翼翅浮在天宇中一般。三面都是山，像半个环儿拥着；人如在井底了。这是一个秋季的薄阴的天气。微微的云在我们顶上流着；岩面与草丛都从润湿中透出几分油油的绿意。而瀑布也似乎分外的响了。那瀑布从上面冲下，仿佛已被扯成大小的几绺；不复是一幅整齐而平滑的布。岩上有许多棱角；瀑流经过时，作急剧的撞击，便飞花碎玉般乱溅着了。那溅着的水花，晶莹而多芒；远望去，像一朵朵小小的白梅，微雨似的纷纷落着。据说，这就是梅雨潭之所以得名了。但我觉得像杨花，格外确切些。轻风起来时，点点随风飘散，那更是扬花了。——这时偶然有几点

① 仙岩：山名，瑞安的胜迹。

送入我们温暖的怀里，便倏的钻了进去，再也寻它不着。

梅雨潭闪闪的绿色招引着我们；我们开始追捉她那离合的神光了。揪着草，攀着乱石，小心探身下去，又鞠躬过了一个石穹门，便到了汪汪一碧的潭边了。瀑布在襟袖之间；但我的心中已没有瀑布了。我的心随潭水的绿而摇荡。那醉人的绿呀！仿佛一张极大极大的荷叶铺着，满是奇异的绿呀。我想张开两臂抱住她；但这是怎样一个妄想呀。——站在水边，望到那面，居然觉着有些远呢！这平铺着，厚积着的绿，着实可爱。她松松的皱缬着，像少妇拖着的裙幅；她轻轻的摆弄着，像跳动的初恋的处女的心；她滑滑的明亮着，像涂了“明油”一般，有鸡蛋清那样软，那样嫩，令人想着所曾触过的最嫩的皮肤；她又不杂些儿尘滓，宛然一块温润的碧玉，只清清的一色——但你却看不透她！我曾见过北京十刹海拂地的绿杨，脱不了鹅黄的底子，似乎太淡了。我又曾见过杭州虎跑寺近旁高峻而深密的“绿壁”，丛叠着无穷的碧草与绿叶的，那又似乎太浓了。其余呢，西湖的波太明了，秦淮河的也太暗了。可爱的，我将什么来比拟你呢？我怎么比拟得出呢？大约潭是很深的，故能蕴蓄着这样奇异的绿；仿佛蔚蓝的天融了一块在里面似的，这才这般的鲜润呀。——那醉人的绿呀！我若能裁你以为带，我将赠给那轻盈的舞女；她必能临风飘举了。我若能挹你以为眼，我将赠给那善歌的盲妹；她必明眸善睐了。我舍不得你；我怎舍得你呢？我用手拍着你，抚摩着你，如同一个十二三岁的小姑娘。我又掬你入口，便是吻着她了。我送你一个名字，我从此叫你“女儿绿”，好么？

我第二次到仙岩的时候，我不禁惊诧于梅雨潭的绿了。

三　白水漈

几个朋友伴我游白水漈。

这也是个瀑布；但是太薄了，又太细了。有时闪着些须的白光；等你定睛看去，却又没有——只剩一片飞烟而已。从前有所谓“雾縠”，大概就是这样了。所以如此，全由于岩石中间突然空了一段；水到那里，无可凭依，凌虚飞下，便扯得又薄又细了。当那空处，最是奇迹。白光嬗为飞烟，已是影子；有时却连影子也不见。有时微风过来，用纤手挽着那影子，它便嫋嫋的成了一个软弧；但她的手才松，它又像橡皮带儿似的，立刻伏伏贴贴的缩回来了。我所以猜疑，或者另有双不可知的巧手，要将这些影子织成一个幻网。——微风想夺了她的，她怎么肯呢？

幻网里也许织着诱惑；我的依恋便是个老大的证据。

四　生命的价格——七毛钱

生命本来不应该有价格的；而竟有了价格！人贩子，老鸨，以至近来的绑票土匪，都就他们的所有物，标上参差的价格，出卖于人；我想将来许还有公开的人市场呢！在种种“人货”里，价格最高的，自然是土匪们的票了，少则成千，多则成万；大约是有历史以来，“人货”的最高的行情了。其次是老鸨们所有的妓女，由数百元到数千元，是常常听到的。最贱的要算是人贩子的货色！他们所有的，只是些男女小孩，只是些“生货”，所以便卖不起价钱了。

人贩子只是“仲买人”，他们还得取给于“厂家”，便是出卖孩子们的人家。“厂家”的价格才真是道地呢！《青光》里曾有一段记载，说三块钱买了一个丫头；那是移让过来的，但价格之低，也就够令人惊诧了！“厂家”的价格，却还有更低的！三百钱，五百钱买一个孩子，在灾荒时不算难事！但我不曾见过。我亲眼看见的一条最贱的生命，是七毛钱买来的！这是一个五岁的女孩子。一个五岁的“女孩子”卖七毛钱，也许不能算是最贱；但请您细看：将一条生命的自由和七枚小银元各放在天平的一个盘里，您将发见，正如九头牛与一根牛毛一样，两个盘儿的重量相差实在太远了！

我见这个女孩，是在房东家里。那时我正和孩子们吃饭；妻走来叫我看一件奇事，七毛钱买来的孩子！孩子端端正正的坐在条凳上；面孔黄黑色，但还丰润；衣帽也还整洁可看。我看了几眼，觉得和我们的孩子也没有什么差异；我看不出她的低贱的生命的符记——如我们看低贱的货色时所容易发见的符记。我回到自己的饭桌上，看看阿九和阿菜，始终觉得和那个女孩没有什么不同！但是，我毕竟发见真理了！我们的孩子所以高贵，正因为我们不曾出卖他们，而那个女孩所以低贱，正因为她是被出卖的；这就是她只值七毛钱的缘故了！呀，聪明的真理！

妻告诉我这孩子没有父母，她哥嫂将她卖给房东家姑爷开的银匠店里的伙计，便是带着她吃饭的那个人。他似乎没有老婆，手头很窘的，而且喜欢喝酒，是一个糊涂的人！我想这孩子父母若还在世，或者还舍不得卖她，至少也要迟几年卖她；因为她究竟是可怜可怜的小羔羊。到了哥嫂的手里，情形便不同了！家里总不宽裕，多一张嘴吃饭，多费些布做衣，是显而易见的。将来人大了，由哥嫂卖出，究竟是为难的；说不定还得找补些儿，才能送出去。这可多么冤呀！不如趁小的时候，谁也不注意，做个人情，送了干净！您想，温州不算十分穷苦的地方，也没碰着大荒年，干什么得了七个小毛钱，就心甘情愿的将自己的小妹子捧给人家呢？说等钱用？谁也不信！七毛钱了得什么急事！温州又不是没人买的！大约买卖两方本来相知；那边恰要个孩子顽儿，这边也乐得出脱，便半送半卖的含糊定了交易。我猜想那时伙计向袋里一摸一股脑儿掏了出来，只有七毛钱！哥哥原也不指望着这笔钱用，也就大大方方收了完事。于是财货两交，那女孩便归伙计管业了！

这一笔交易的将来，自然是在运命手里；女儿本姓“碰”，由她去碰罢了！但可知的，运命决不加惠于她！第一幕的戏已启示于我们了！照妻所说，那伙计必无这样耐心，抚养她成人长大！他将像豢养小猪一样，等到相当的肥壮的时候，便卖给屠户，任他宰割去；这其间他得了赚头，是理所当然的！但屠户是谁呢？在她卖做丫头的时候，便是主人！“仁慈的”主人只宰割她相当的劳力，如养羊而剪它的毛一样。到了相当的年纪，便将她配人。能够这样，她虽然被撳在丫头坯里，却还算不幸中之幸哩。但在目下这钱世界里，如此大方的人究竟是少的；我们所见的，十有六七是刻薄人！她若卖到这种人手里，他们必搒榨她过量的劳力。供不应求时，便骂也来了，打也来了！等她成熟时，却又好转卖给人家作妾；平常搒榨的不够，这儿又找补一个尾子！偏生这孩子模样儿又不好；入门不能得丈夫的欢心，容易遭大妇的凌虐，又是显然的！她的一生，将消磨于眼泪中了！也有些主人自己收婢作妾的；但红颜白发，也只空断送了她的一生！和前例相较，只是五十步与百步而已。——更可危的，她若被那伙计卖在妓院里，老鸨才真是个令人肉颤的屠户呢！我们可以想到：她怎样逼她学弹学唱，怎样驱遣她去做粗活！怎样用藤筋打她，用针刺她！怎样督责她承欢卖笑！她怎样吃残羹冷饭！怎样打熬着不得睡觉！怎样终于生了一身毒疮！她的像貌使她只能做下等妓女；她的沦落风尘是终生的！她的悲剧也是终生的！——唉！七毛钱竟买了你的全生命——你的血肉之躯竟抵不上区区七个小银元么？生命真太贱了！生命真太贱了！

因此想到自己的孩子的运命，真有些胆寒！钱世界里的生命市场存在一日，都是我们孩子的危险！都是我们孩子的侮辱！您有孩子的人呀，想想看，这是谁之罪呢？这是谁之责呢？

春晖的一月

去年在温州，常常看到本刊，觉得很是欢喜。本刊印刷的形式，也颇别致，更使我有一种美感。今年到宁波时，听许多朋友说，白马湖的风景怎样怎样好，更加向往。虽然于什么艺术都是门外汉，我却怀抱着爱“美”的热诚，三月二日，我到这儿上课来了。在车上看见，“春晖中学校”的路牌，白地黑字的，小秋千架似的路牌，我便高兴。出了车站，山光水色，扑面而来，若许我抄前人的话，我真是“应接不暇”了。于是我便开始了春晖的第一日。

走向春晖，有一条狭狭的煤屑路。那黑黑的细小的颗粒，脚踏上去，便发出一种摩擦的噪音，给我多少轻新的趣味。而最系我心的，是那小小的木桥。桥黑色，由这边慢慢地隆起，到那边又慢慢的低下去，故看去似乎很长。我最爱桥上的栏杆，那变形的卐纹的栏杆；我在车站门口早就看见了，我爱它的玲珑！桥之所以可爱，或者便因为这栏杆哩。我在桥上逗留了好些时。这是一个阴天。山的容光，被云雾遮了一半，仿佛淡妆的姑娘。但三面映照起来，也就青得可以了，映在湖里，白马湖里，接着水光，却另有一番妙景。我右手是个小湖，左手是个大湖。湖有这样大，使我自己觉得小了。湖水有这样满，仿佛要漫到我的脚下。湖在山的趾边，山在湖的唇边；他俩这样亲密，湖将山全吞下去了。吞的是青的，吐的是绿的，那软软的绿呀，绿的是一片，绿的却不安于一片；它无端的皱起来了。如絮的微痕，界出无数片的绿；闪闪闪闪的，像好看的眼睛。湖边系着一只小船，四面却没有一个人，我听见自己的呼吸。想起“野渡无人舟自横”的诗，真觉物我双忘了。

好了，我也该下桥去了；春晖中学校还没有看见呢。弯了两个弯儿，又过了一重桥。当面有山挡住去路；山旁只留着极狭极狭的小径。挨着小径，抹过山角，豁然开朗；春晖的校舍和历落的几处人家，都已在望了。远远看去，房屋的布置颇疏散有致，决无拥挤、局促之感。我缓缓走到校前，白马湖的水也跟我缓缓的流着。我碰着丏尊[①]先生。他引我过了一座水门汀的桥，便到了校里。校里最多的是湖，三面潺潺的流着；其次是草地，看过去芊芊的一片。我是常住城市的人，到了这种空旷的地方，有莫名的喜悦！乡下人初进城，往往有许多的惊异，供给笑话的材料；我这城里人下乡，却也有许多的惊异——我的可笑，或者竟不下于初进城的乡下人。闲言少叙，且说校里的房屋、格式、布置固然疏落有味，便是里面的用具，也无一不显出巧妙的匠意；决无

① 丏尊：夏丏尊，现代教育家、出版家。

笨伯的手泽。晚上我到几位同事家去看，壁上有书有画，布置井井，令人耐坐。这种情形正与学校的布置，自然界的布置是一致的。美的一致，一致的美，是春晖给我的第一件礼物。

有话即长，无话即短，我到春晖教书，不觉已一个月了。在这一个月里，我虽然只在春晖登了十五日（我在宁波四中兼课），但觉甚是亲密。因为在这里，真能够无町畦。我看不出什么界线，因而也用不着什么防备，什么顾忌；我只照我所喜欢的做就是了。这就是自由了。从前我到别处教书时，总要做几个月的“生客”，然后才能坦然。对于“生客”的猜疑，本是原始社会的遗形物，其故在于不相知。这在现社会，也不能免的。但在这里，因为没有层迭的历史，又结合比较的单纯，故没有这种习染。这是我所深愿的！这里的教师与学生，也没有什么界限。在一般学校里，师生之间往往隔开一无形界限，这是最足减少教育效力的事！学生对于教师，“敬鬼神而远之”；教师对于学生，尔为尔，我为我，休戚不关，理乱不闻！这样两橛的形势，如何说得到人格感化？如何说得到“造成健全人格”？这里的师生却没有这样情形。无论何时，都可自由说话；一切事务，常常通力合作。校里只有协治会而没有自治会。感情既无隔阂，事务自然都开诚布公，无所用其躲闪。学生因无须矫情饰伪，故甚活泼有意思。又因能顺全天性，不遭压抑；加以自然界的陶冶：故趣味比较纯正。——也有太随便的地方，如有几个人上课时喜欢谈闲天，有几个人喜欢吐痰在地板上，但这些总容易矫正的。——春晖给我的第二件礼物是真诚，一致的真诚。

春晖是在极幽静的乡村地方，往往终日看不见一个外人！寂寞是小事；在学生的修养上却有了问题。现在的生活中心，是城市而非乡村。乡村生活的修养能否适应城市的生活，这是一个问题。此地所说适应，只指两种意思：一是抵抗诱惑，二是应付环境——明白些说，就是应付人，应付物。乡村诱惑少，不能养成定力；在乡村是好人的，将来一入城市做事，或者竟抵挡不住。从前某禅师在山中修道，道行甚高；一旦入闹市，“看见粉白黛绿，心便动了”。这话看来有理，但我以为其实无妨。就一般人而论，抵抗诱惑的力量大抵和性格、年龄、学识、经济力等有“相当”的关系。除经济力与年龄外，性格、学识，都可用教育的力量提高它，这样增加抵抗诱惑的力量。提高的意思，说得明白些，便是以高等的趣味替代低等的趣味；养成优良的习惯，使不良的动机不容易有效。用了这种方法，学生达到高中毕业的年龄，也总该有相当的抵抗力了；入城市生活又何妨？（不及初中毕业时者，因初中毕业，仍须续入高中，不必自己挣扎，故不成问题。）有了这种抵抗力，虽还有经济力可以作祟，但也不能有大效。前面那禅师所以不行，一因他过的是孤独的生活，故反动力甚大，一因他只知克制，不知替代；故外力一强，便“虎兕出于神”了！这岂可与现在这里学生的乡村生活相提并论呢？至于应付环境，我以为应付物是小问题，可以随时指导；而且这与乡村，城市无大关系。我是城市的人，但初到上海，也曾因不会乘电车而跌了一跤，跌得皮破血流；这与乡下诸公又差得几何呢？若说应付人，无非是机心！什么“逢人只说三分话，未可全抛一片心”，便是代表的教训。教育有改善人心的使命；这种机心，有无养成的必要，是一个问题。姑不论这个，要养成这种机心，也非到上海这种地方去不成；普通城市正和乡村一样，是没有什么帮助的。凡以上所说，无非要使大家相信，这里的乡村生活的修养，并不一定不能适应将来城市的生活。况且我们还可以举行旅行，以资调剂呢。况且城市生活的修养，虽自有它的好处；但也有流弊。如诱惑太多，年龄太小或性格未佳的学生，或者转易陷溺——那就不但不能磨练定力，反早早的将定力丧失了！所以城市生活的修养不一定比乡村生活的修养有效。——只有一层，乡村生活足以减少少年人的进取心，这却是真的！

说到我自己，却甚喜欢乡村的生活，更喜欢这里的乡村的生活。我是在狭的笼的城市里生长的人，我要补救这个单调的生活，我现在住在繁嚣的都市里，我要以闲适的境界调和它。我爱春晖的闲适！闲适的生活可说是春晖给我的第三件礼物！

我已说了我的“春晖的一月”；我说的都是我要说的话。或者有人说，赞美多而劝勉少，近乎“戏台里喝彩”！假使这句话是真的，我要切实声明：我的多赞美，必是情不自禁之故，我的少劝勉，或是观察时期太短之故。

航船中的文明

第一次乘夜航船，从绍兴府桥到西兴渡口。

绍兴到西兴本有汽油船。我因急于来杭，又因年来逐逐于火车轮船之中，也想“回到”航船里，领略先代生活的异样的趣味；所以不顾亲戚们的坚留和劝说（他们说航船里是很苦的），毅然决然的于下午六时左右下了船。有了“物质文明”的汽油船，却又有“精神文明”的航船，使我们徘徊其间，左右顾而乐之，真是二十世纪中国人的幸福了！

航船中的乘客大都是小商人；两个军弁是例外。满船没有一个士大夫；我区区或者可充个数儿，——因为我曾读过几年书，又忝为大夫之后——但也是例外之例外！真的，那班士大夫到哪里去了呢？这不消说得，都到了轮船里去了！士大夫虽也擎着大旗拥护精神文明，但千虑不免一失，竟为那物质文明的孙儿，满身洋油气的小顽意儿骗得定定的，忍心害理的撇了那老相好。于是航船虽然照常行驶，而光彩已减少许多！这确是一件可以慨叹的事；而“国粹将亡”的呼声，似也不是徒然的了。呜呼，是谁之咎欤？

既然来到这“精神文明”的航船里，正可将船里的精神文明考察一番，才不虚此一行。但从那里下手呢？这可有些为难，踌躇之间，恰好来了一个女人。——我说“来了”，仿佛亲眼看见，而孰知不然；我知道她“来了”，是在听见她尖锐的语音的时候。至于她的面貌，我至今还没有看见呢。这第一要怪我的近视眼，第二要怪那袭人的暮色，第三要怪——哼——要怪那“男女分坐”的精神文明了。女人坐在前面，男人坐在后面；那女人离我至少有两丈远，所以便不可见其脸了。且慢，这样左怪右怪，“其词若有憾焉”，你们或者猜想那女人怎样美呢。而孰知又大大的不然！我也曾“约略的”看来，都是乡下的黄面婆而已。至于尖锐的语音，那是少年的妇女所常有的，倒也不足为奇。然而这一次，那来了的女人的尖锐的语音竟致劳动区区的执笔者，却又另有缘故。在那语音里，表示出对于航船里精神文明的抗议；她说，“男人女人都是人！”她要坐到后面来，（因前面太挤，实无他故，合并声明，）而航船里的“规矩”是不许的。船家拦住她，她仗着她不是姑娘了，便老了脸皮，大着胆子，慢慢的说了那句话。她随即坐在原处，而“批评家”的议论繁然了。一个船家在船沿上走着，随便的说，“男人女人都是人，是的，不错。做秤钩的也是铁，做秤锤的也是铁，做铁锚的也是铁，都是铁呀！”这一段批评大约十分巧妙，说出诸位“批评家”所要说的，于是众喙都息，这便成了定论。至于那女人，事实上早已坐下了；“孤掌难鸣”，或者她饱饫了诸位“批评家”的宏论，也不要鸣了罢。“是非之心”，虽然“人皆有之”，而撑船经商者流，对于名教[①]之大防，竟能剖辨得这样“详明”，也着实亏他们了。中国毕竟是礼义之邦，文明之古国呀！——我悔不该乱怪那“男女分坐”的精神文明了！

“祸不单行”，凑巧又来了一个女人。她是带着男人来的。——呀，带着男人！正是；所以才“祸不单行”呀！——说得满口好绍兴的杭州话，在黑暗里隐隐露着一张白脸；带着五六分城市气。船家照他们的“规矩”，要将这一对儿生刺刺的分开；男人不好意思做声，女的却抢着说，“我们是‘一堆生’[②]的！”太亲热的字眼，竟在“规规矩矩的”航船里说了！于是船家命令的嚷道：“我们有我们的规矩，不管你‘一堆生’不‘一堆生’的！”大家都微笑了。有的沉吟的说：“一堆生的？”有的惊奇的说：“一‘堆’生的！”有的嘲讽的说：“哼，一堆生的！”

① 名教：以儒家的正名和教训为主的封建道德观念。

② 一堆生：原注是“一块儿”。

在这四面楚歌里，凭你怎样伶牙俐齿，也只得服从了！“妇者，服也”，这原是她的本行呀。只看她毫不置辩，毫不懊恼，还是若无其事的和人攀谈，便知她确乎是“服也”了。这不能不感谢船家和乘客诸公“卫道”之功；而论功行赏，船家尤当首屈一指。呜呼，可以风矣！

在黑暗里征服了两个女人，这正是我们的光荣；而航船中的精神文明，也粲然可见了——于是乎书。

背　影

我与父亲不相见已二年余了，我最不能忘记的是他的背影。那年冬天，祖母死了，父亲的差使也交卸了，正是祸不单行的日子，我从北京到徐州，打算跟着父亲奔丧回家。到徐州见着父亲，看见满院狼藉的东西，又想起祖母，不禁簌簌地流下眼泪。父亲说，“事已如此，不必难过，好在天无绝人之路！”

回家变卖典质①，父亲还了亏空；又借钱办了丧事。这些日子，家中光景很是惨淡，一半为了丧事，一半为了父亲赋闲。丧事完毕，父亲要到南京谋事，我也要回北京念书，我们便同行。

到南京时，有朋友约去游逛，勾留了一日；第二日上午便须渡江到浦口，下午上车北去。父亲因为事忙，本已说定不送我，叫旅馆里一个熟识的茶房陪我同去。他再三嘱咐茶房，甚是仔细。但他终于不放心，怕茶房不妥帖；颇踌躇了一会。其实我那年已二十岁，北京已来往过两三次，是没有甚么要紧的了。他踌躇了

① 典质：典当质押。

一会，终于决定还是自己送我去。我两三回劝他不必去；他只说，“不要紧，他们去不好！”

我们过了江，进了车站。我买票，他忙着照看行李。行李太多了，得向脚夫行些小费，才可过去。他便又忙着和他们讲价钱。我那时真是聪明过分，总觉他说话不大漂亮，非自己插嘴不可。但他终于讲定了价钱；就送我上车。他给我拣定了靠车门的一张椅子；我将他给我做的紫毛大衣铺好坐位。他嘱我路上小心，夜里警醒些，不要受凉。又嘱托茶房好好照应我。我心里暗笑他的迂，他们只认得钱，托他们直是白托！而且我这样大年纪的人，难道还不能料理自己么？唉，我现在想想，那时真是太聪明了！

我说道，“爸爸，你走吧。”他望车外看了看，说，“我买几个橘子去。你就在此地，不要走动。”我看那边月台的栅栏外有几个卖东西的等着顾客。走到那边月台，须穿过铁道，须跳下去又爬上去。父亲是一个胖子，走过去自然要费事些。我本来要去的，他不肯，只好让他去。我看见他戴着黑布小帽，穿着黑布大马褂，深青布棉袍，蹒跚地走到铁道边，慢慢探身下去，尚不大难。可是他穿过铁道，要爬上那边月台，就不容易了。他用两手攀着上面，两脚再向上缩；他肥胖的身子向左微倾，显出努力的样子。这时我看见他的背影，我的泪很快地流下来了。我赶紧拭干了泪，怕他看见，也怕别人看见。我再向外看时，他已抱了朱红的橘子望回走了。过铁道时，他先将橘子散放在地上，自己慢慢爬下，再抱起橘子走。到这边时，我赶紧去搀他。他和我走到车上，将橘子一股脑儿放在我的皮大衣上。于是扑扑衣上的泥土，心里很轻松似的，过一会说，“我走了；到那边来信！”我望着他走出去。他走了几步，回过头看见我，说，“进去吧，里边没人。”等他的背影混入来来往往的人里，再找不着了，我便进来坐下，我的眼泪又来了。

近几年来，父亲和我都是东奔西走，家中光景是一日不如一日。他少年出外谋生，独力支持，做了许多大事。那知老境却如此颓唐！他触目伤怀，自然情不能自已。情郁于中，自然要发之于外；家庭琐屑便往往触他之怒。他待我渐渐不同往日。但最近两年的不见，他终于忘却我的不好，只是惦记着我，惦记着我的儿子。我北来后，他写了一信给我，信中说道，“我身体平安，惟膀子疼痛利害，举箸提笔，诸多不便，大约大去之期[①]不远矣。”我读到此处，在晶莹的泪光中，又看见那肥胖的，青布棉袍，黑布马褂的背影。唉！我不知何时再能与他相见！

① 大去之期：即死亡之期。

白　采

盛暑中写《白采的诗》一文，刚满一页，便因病搁下。这时候薰宇来了一封信，说白采死了，死在香港到上海的船中。他只有一个人；他的遗物暂存在立达学园里。有文稿，旧体诗词稿，笔记稿，有朋友和女人的通信，还有四包女人的头发！我将薰宇的信念了好几遍，茫然若失了一会；觉得白采虽于生死无所容心，但这样的死在将到吴淞口了的船中，也未免太惨酷了些——这是我们后死者所难堪的。

白采是一个不可捉摸的人。他的历史，他的性格，现在虽从遗物中略知梗概，但在他生前，是绝少人知道的；他也绝口不向人说，你问他他只支吾而已。他赋性既这样遗世绝俗，自然是落落寡合了；但我们却能够看出他是一个好朋友，他是一个有真心的人。

“不打不成相识”，我是这样的知道了白采的。这是为学生李芳诗集的事。李芳将他的诗集交我删改，并嘱我作序。那时我在温州，他在上海。我因事忙，一搁就是半年；而李芳已因不知名的急病死在上海。我很懊悔我的需缓，赶紧抽了空给他工作。正在这时，平伯转来白采的信，短短的两行，催我设法将李芳的诗出版；又附了登在《觉悟》上的小说《作诗的儿子》，让我看看——里面颇有讥讽我的话。我当时觉得不应得这种讥讽，便写了一封近两千字的长信，详述事件首尾，向他辩解。信去了便等回信；但是杳无消息。等到我已不希望了，他才来了一张明信片；在我看来，只是几句半冷半热的话而已。我只能以“岂能尽如人意？但求无愧我心！”自解，听之而已。

但平伯因转信的关系，却和他常通函札。平伯来信，屡屡说起他，说是一个有趣的人。有一回平伯到白马湖看我。我和他同往宁波的时候，他在火车中将白采的诗稿《羸疾者的爱》给我看。我在车身不住的动摇中，读了一遍。觉得大有意思。我于是承认平伯的话，他是一个有趣的人。我又和平伯说，他这篇诗似乎是受了尼采的影响。后来平伯来信，说已将此语函告白采，他颇以为然。我当时还和平伯说，关于这篇诗，我想写一篇评论；平伯大约也告诉了他。有一回他突然来信说起此事，他盼望早些见着我的文字，让他知道在我眼中的他的诗究竟是怎样的。我回信答应他，就要做的。以后我们常常通信，他常常提及此事。但现在是三年以后了，我才算将此文完篇；他却已经死了，看不见了！他暑假前最后给我的信还说起他的盼望。天啊！我怎样对得起这样一个朋友，我怎样挽回我的过错呢？

平伯和我都不曾见过白采，大家觉得是一件缺憾。有一回我到上海，和平伯到西门林荫路新正兴里五号去访他；这是按着他给我们的通信地址去的。但不幸得很，他已经搬到附近什么地方去了；我们只好嗒然而归。新正兴里五号是朋友延陵君住过的；有一次谈起白采，他说他姓童，在美术专门学校念书；他的夫人和延陵夫人是朋友，延陵夫妇曾借住他们所赁的一间亭子间。那是我看延陵时去过的，床和桌椅都是白漆的；是一间虽小而极洁净的房子，几乎使我忘记了是在上海的西门地方。现在他存着的摄影里，据我看，有好几张是在那间房里照的。又从他的遗札里，推想他那时还未离婚；他离开新正兴里五号，或是正为离婚的缘故，也未可知。这却使我们事后追想，多少感着些悲剧味了。但平伯终于未见着白采，我竟得和他见了一面。那是在立达学园我预备上火车去上海前的五分钟。这一天，学园的朋友说白采要搬来了；我从早上等了好久，还没有音信。正预备上车站，白采从门口进来了。他说着江西话，似乎很老成了，是饱经世变的样子。我因上海还有约会，只匆匆一谈，便握手作别。他后来有信给平伯说我“短小精悍”，却是一句有趣的话。这是我们最初的一面，但谁知也就是最后的一面呢！

去年年底，我在北京时，他要去集美作教；他听说我有南归之意，因不能等我一面，便寄了一张小影给我。这是他立在露台上远望的背影，他说是聊寄伫盼之意。我得此小影，反复把玩而不忍释，觉得他真是一个好朋友。这回来到立达学园，偶然翻阅《白采的小说》，《作诗的儿子》一篇中讥讽我的话，已经删改；而薰宇告我，我最初给他的那封长信，他还留在箱子里。这使我惭愧从前的猜想，我真是小器的人哪！但是他现在死了，我又能怎样呢？我只相信，如爱墨生的话，他在许多朋友的心里是不死的！

荷塘月色

这几天心里颇不宁静。今晚在院子里坐着乘凉，忽然想起日日走过的荷塘，在这满月的光里，总该另有一番样子吧。月亮渐渐地升高了，墙外马路上孩子们的欢笑，已经听不见了；妻在屋里拍着闰儿，迷迷糊糊地哼着眠歌。我悄悄地披了大衫，带上门出去。

沿着荷塘，是一条曲折的小煤屑路。这是一条幽僻的路；白天也少人走，夜晚更加寂寞。荷塘四面，长着许多树，蓊蓊郁郁的。路的一旁，是些杨柳，和一些不知道名字的树。没有月光的晚上，这路上阴森森的，有些怕人。今晚却很好，虽然月光也还是淡淡的。

路上只我一个人，背着手踱着。这一片天地好像是我的；我也像超出了平常的自己，到了另一世界里。我爱热闹，也爱冷静；爱群居，也爱独处。像今晚上，一个人在这苍茫的月下，什么都可以想，什么都可以不想，便觉是个自由的人。白天里一定要做的事，一定要说的话，现在都可不理。这是独处的妙处，我且受用这无边的荷香月色好了。

曲曲折折的荷塘上面，弥望[①]的是田田的叶子。叶子出水很高，像亭亭的舞女的裙。层层的叶子中间，零星地点缀着些白花，有袅娜地开着的，有羞涩地打着朵儿的；正如一粒粒的明珠，又如碧天里的星星，又如刚出浴的美人。微风过处，送来缕缕清香，仿佛远处高楼上渺茫的歌声似的。这时候叶子与花也有一丝的颤动，像闪电般，霎时传过荷塘的那边去了。叶子本是肩并肩密密地挨着，这便宛然有了一道凝碧的波痕。叶子底下是脉脉的流水，遮住了，不能见一些颜色；而叶子却更见风致了。

月光如流水一般，静静地泻在这一片叶子和花上。薄薄的青雾浮起在荷塘里。叶子和花仿佛在牛乳中洗过一样；又像笼着轻纱的梦。虽然是满月，天上却有一层淡淡的云，所以不能朗照；但我以为这恰是到了好处——酣眠固不可少，小睡也别有风味的。月光是隔了树照过来的，高处丛生的灌木，落下参差的斑驳的黑影，峭楞楞如鬼一般；弯弯的杨柳的稀疏的倩影，却又像是画在荷叶上。塘中的月色并不均匀；但光与影有着和谐的旋律，如梵婀玲[②]上奏着的名曲。

荷塘的四面，远远近近，高高低低都是树，而杨柳最多。这些树将一片荷塘重重围住；只在小路一旁，漏着几段空隙，像是

① 弥望：遍看过去的意思。弥，遍，满。

② 梵婀玲：英语译文，指小提琴。

特为月光留下的。树色一例是阴阴的，乍看像一团烟雾；但杨柳的丰姿，便在烟雾里也辨得出。树梢上隐隐约约的是一带远山，只有些大意罢了。树缝里也漏着一两点路灯光，没精打采的，是渴睡人的眼。这时候最热闹的，要数树上的蝉声与水里的蛙声；但热闹是它们的，我什么也没有。

忽然想起采莲的事情来了。采莲是江南的旧俗，似乎很早就有，而六朝时为盛；从诗歌里可以约略知道。采莲的是少年的女子，她们是荡着小船，唱着艳歌去的。采莲人不用说很多，还有看采莲的人。那是一个热闹的季节，也是一个风流的季节。梁元帝《采莲赋》里说得好：

> 于是妖童媛女[①]，荡舟心许；鹢首徐回，兼传羽杯；櫂将移而藻挂，船欲动而萍开。尔其纤腰束素，迁延顾步；夏始春余，叶嫩花初，恐沾裳而浅笑，畏倾船而敛裾。

可见当时嬉游的光景了。这真是有趣的事，可惜我们现在早已无福消受了。

于是又记起《西洲曲》[②]里的句子：

> 采莲南塘秋，莲花过人头；低头弄莲子，莲子清如水。

---

① 妖童媛女：装束艳丽的少年和姑娘。

② 《西洲曲》：南朝乐府民歌中的一首情歌。

今晚若有采莲人，这儿的莲花也算得“过人头”了；只不见一些流水的影子，是不行的。这令我到底惦着江南了。——这样想着，猛一抬头，不觉已是自己的门前；轻轻地推门进去，什么声息也没有，妻已睡熟好久了。

春

盼望着，盼望着，东风来了，春天的脚步近了。

一切都像刚睡醒的样子，欣欣然张开了眼。山朗润起来了，水长起来了，太阳的脸红起来了。

小草偷偷地从土里钻出来，嫩嫩的，绿绿的。园子里，田野里，瞧去，一大片一大片满是的。坐着，躺着，打两个滚，踢几脚球，赛几趟跑，捉几回迷藏。风轻悄悄的，草绵软软的。

桃树、杏树、梨树，你不让我，我不让你，都开满了花赶趟儿。红的像火，粉的像霞，白的像雪。花里带着甜味，闭了眼，树上仿佛已经满是桃儿、杏儿、梨儿！花下成千成百的蜜蜂嗡嗡地闹着，大小的蝴蝶飞来飞去。野花遍地是：杂样儿，有名字的，没名字的，散在草丛里，像眼睛，像星星，还眨呀眨的。

“吹面不寒杨柳风”[①]，不错的，像母亲的手抚摸着你。风里带来些新翻的泥土的气息，混着青草味，还有各种花的香，都

① 吹面不寒杨柳风：南宋志南和尚所作《绝句》中的句子。杨柳风，即春风。

在微微润湿的空气里酝酿。鸟儿将窠巢安在繁花嫩叶当中，高兴起来了，呼朋引伴地卖弄清脆的喉咙，唱出宛转的曲子，与轻风流水应和着。牛背上牧童的短笛，这时候也成天在嘹亮地响。

雨是最寻常的，一下就是三两天。可别恼，看，像牛毛，像花针，像细丝，密密地斜织着，人家屋顶上全笼着一层薄烟。树叶子却绿得发亮，小草也青得逼你的眼。傍晚时候，上灯了，一点点黄晕的光，烘托出一片安静而和平的夜。乡下去，小路上，石桥边，撑起伞慢慢走着的人；还有地里工作的农夫，披着蓑，戴着笠的。他们的草屋，稀稀疏疏的在雨里静默着。

天上风筝渐渐多了，地上孩子也多了。城里乡下，家家户户，老老小小，他们也赶趟儿似的，一个个都出来了。舒活舒活筋骨，抖擞抖擞精神，各做各的一份事去。“一年之计在于春”；刚起头儿，有的是工夫，有的是希望。

春天像刚落地的娃娃，从头到脚都是新的，它生长着。

春天像小姑娘，花枝招展的，笑着，走着。

春天像健壮的青年，有铁一般的胳膊和腰脚，他领着我们上前去。

阿　河

我这一回寒假，因为养病，住到一家亲戚的别墅里去。那别墅是在乡下。前面偏左的地方，是一片淡蓝的湖水，对岸环拥着不尽的青山。山的影子倒映在水里，越显得清清朗朗的。水面常如镜子一般。风起时，微有皱痕；像少女们皱她们的眉头，过一会子就好了。湖的余势束成一条小港，缓缓地不声不响地流过别墅的门前。门前有一条小石桥，桥那边尽是田亩。这边沿岸一带，相间地栽着桃树和柳树，春来当有一番热闹的梦。别墅外面缭绕着短短的竹篱，篱外是小小的路。里边一座向南的楼，背后便倚着山。西边是三间平屋，我便住在这里。院子里有两块草地，上面随便放着两三块石头。另外的隙地上，或罗列着盆栽，或种莳着花草。篱边还有几株枝干蟠曲的大树，有一株几乎要伸到水里去了。

我的亲戚韦君只有夫妇二人和一个女儿。她在外边念书，这时也刚回到家里。她邀来三位同学，同到她家过这个寒假；两位是亲戚，一位是朋友。她们住着楼上的两间屋子。韦君夫妇也住在楼上。楼下正中是客厅，常是闲着，西间是吃饭的地方；东间便是韦君的书房，我们谈天，喝茶，看报，都在这里。我吃了饭，便是一个人，也要到这里来闲坐一回。我来的第二天，韦小姐告诉我，她母亲要给她们找一个好好的女用人；长工阿齐说有一个表妹，母亲叫他明天就带来做做看呢。她似乎很高兴的样子，我只是不经意地答应。

平屋与楼屋之间，是一个小小的厨房。我住的是东面的屋子，从窗子里可以看见厨房里人的来往。这一天午饭前，我偶然向外看看，见一个面生的女用人，两手提着两把白铁壶，正往厨房里走；韦家的李妈在她前面领着，不知在和她说甚么话。她的头发乱蓬蓬的，像冬天的枯草一样。身上穿着镶边的黑布棉袄和夹裤，黑里已泛出黄色；棉袄长与膝齐，夹裤也直拖到脚背上。脚倒是双天足，穿着尖头的黑布鞋，后跟还带着两片同色的“叶拔儿”。想这就是阿齐带来的女用人了；想完了就坐下看书。晚饭后，韦小姐告诉我，女用人来了，她的名字叫“阿河”。我说，“名字很好，只是人土些；还能做么？”她说，“别看她土，很聪明呢。”我说，“哦。”便接着看手中的报了。

以后每天早上，中上，晚上，我常常看见阿河挈着水壶来往；她的眼似乎总是望前看的。两个礼拜匆匆地过去了。韦小姐忽然和我说，你别看阿河土，她的志气很好，她是个可怜的人。我和娘说，把我前年在家穿的那身棉袄裤给了她吧。我嫌那两件衣服太花，给了她正好。娘先不肯，说她来了没有几天；后来也肯了。今天拿出来让她穿，正合式呢。我们教给她打绒绳鞋，她真聪明，一学就会了。她说拿到工钱，也要打一双穿呢。我等几天再和娘说去。

“她这样爱好！怪不得头发光得多了,原来都是你们教她的。好！你们尽教她讲究，她将来怕不愿回家去呢。”大家都笑了。

旧新年是过去了。因为江浙的兵事，我们的学校一时还不能开学。我们大家都乐得在别墅里多住些日子。这时阿河如换了一个人。她穿着宝蓝色挑着小花儿的布棉袄裤；脚下是嫩蓝色毛绳鞋，鞋口还缀着两个半蓝半白的小绒球儿。我想这一定是她的小姐们给帮忙的。古语说得好，“人要衣裳马要鞍”，阿河这一打扮，真有些楚楚可怜了。她的头发早已是刷得光光的，覆额的留海也梳得十分伏贴。一张小小的圆脸，如正开的桃李花；脸上并没有笑，却隐隐地含着春日的光辉，像花房里充了蜜一般。这在我几乎是一个奇迹；我现在是常站在窗前看她了。我觉得在深山里发见了一粒猫儿眼；这样精纯的猫儿眼，是我生平所仅见！我觉得我们相识已太长久，极愿和她说一句话——极平淡的话，一句也好。但我怎好平白地和她攀谈呢？这样郁郁了一礼拜。

这是元宵节的前一晚上。我吃了饭，在屋里坐了一会，觉得有些无聊，便信步走到那书房里。拿起报来，想再细看一回。忽然门钮一响，阿河进来了。她手里拿着三四支颜色铅笔；出乎意料地走近了我。她站在我面前了，静静地微笑着说："白先生，你知道铅笔刨在那里？"一面将拿着的铅笔给我看。我不自主地立起来，匆忙地应道，"在这里；"我用手指着南边柱子。但我立刻觉得这是不够的。我领她走近了柱子。这时我像闪电似地踌躇了一下，便说，"我……我……"她一声不响地已将一支铅笔交给我。我放进刨子里刨给她看。刨了两下，便想交给她；但终于刨完了一支。交还了她。她接了笔略看一看，仍仰着脸向我。我窘极了。刹那间念头转了好几个圈子；到底硬着头皮搭讪着说，"就这样刨好了。"我赶紧向门外一瞥，就走回原处看报去。但我的头刚低下，我的眼已抬起来了。于是远远地从容地问道，"你会么？"她不曾掉过头来，只"嘤"了一声，也不说话。我看了她背影一会。觉得应该低下头了。等我再抬起头来时，她已默默地向外走了。她似乎总是望前看的；我想再问她一句话，但终于不曾出口。我撇下了报，站起来走了一会，便回到自己屋里。我一直想着些什么，但什么也没有想出。

第二天早上看见她往厨房里走时，我发愿我的眼将老跟着她的影子！她的影子真好。她那几步路走得又敏捷，又匀称，又苗条，正如一只可爱的小猫。她两手各提着一只水壶，又令我想到在一条细细的索儿上抖擞精神走着的女子。这全由于她的腰；她的腰真太软了，用白水的话说，真是软到使我如吃苏州的牛皮糖一样。不止她的腰，我的日记里说得好：“她有一套和云霞比美，水月争灵的曲线，织成大大的一张迷惑的网！”而那两颊的曲线，尤其甜蜜可人。她两颊是白中透着微红，润泽如玉。她的皮肤，嫩得可以掐出水来；我的日记里说，“我很想去掐她一下呀！”她的眼像一双小燕子，老是在滟滟的春水上打着圈儿。她的笑最使我记住，像一朵花漂浮在我的脑海里。我不是说过，她的小圆脸像正开的桃花么？那么，她微笑的时候，便是盛开的时候了：花房里充满了的蜜，真如要流出来的样子。她的发不甚厚，但黑而有光，柔软而滑，如纯丝一般。只可惜我不曾闻着一些儿香。唉！从前我在窗前看她好多次，所得的真太少了；若不是昨晚一见，——虽只几分钟——我真太对不起这样一个人儿了。

午饭后，韦君照例地睡午觉去了，只有我，韦小姐和其他三位小姐在书房里。我有意无意地谈起阿河的事。我说。

“你们怎知道她的志气好呢？”

“那天我们教给她打绒绳鞋；”一位蔡小姐便答道，“看她狠聪明，就问她为甚么不念书？她被我们一问，就伤心起来了。……”

“是的，”韦小姐笑着抢了说，“后来还哭了呢；还有一位傻子陪她淌眼泪呢。”

那边黄小姐可急了，走过来推了她一下。蔡小姐忙拦住道，“人家说正经话，你们尽闹着顽儿！让我说完了呀——”

“我代你说啵，”韦小姐仍抢着说，“——她说她只有一个爹，没有娘。嫁了一个男人，倒有三十多岁，土头土脑的，脸上满是疤！他是李妈的邻舍，我还看见过呢。……”

“好了，底下我说吧。”蔡小姐接着道，“她男人又不要好，尽爱赌钱；她一气，就住到娘家来，有一年多不回去了。”

“她今年几岁？”我问。

“十七不知十八？前年出嫁的,几个月就回家了,”蔡小姐说。

“不，十八，我知道。”韦小姐改正道。

“哦。你们可曾劝她离婚？”

“怎么不劝；”韦小姐应道，“她说十八回去吃她表哥的喜酒，要和她的爹去说呢。”

“你们教她的好事，该当何罪！”我笑了。

她们也都笑了。

十九的早上，我正在屋里看书，听见外面有嚷嚷的声音；这是从来没有的。我立刻走出来看；只见门外有两个乡下人要走进来，却给阿齐拦住。他们只是央告，阿齐只是不肯。这时韦君已走出院中，向他们道。

“你们回去吧。人在我这里，不要紧的。快回去，不要瞎吵！”

两个人面面相觑，说不出一句话；俄延了一会，只好走了。我问韦君什么事？他说。

“阿河罗！还不是瞎吵一回子。”

我想他于男女的事向来是懒得说的，还是回头问他小姐的好；我们便谈到别的事情上去。

吃了饭，我赶紧问韦小姐，她说。

“她是告诉娘的，你问娘去。”

我想这件事有些尴尬，便到西间里问韦太太；她正看着李妈收拾碗碟呢。她见我问，便笑着说。

“你要问这些事做什么？她昨天回去，原是借了阿桂的衣裳穿了去的，打扮得娇滴滴的，也难怪，被她男人看见了，便约了些不相干的人，将她抢回去过了一夜。今天早上，她骗她男人，说要到此地来拿行李。她男人就会信她，派了两个人跟着。那知她到了这里，便叫阿齐拦着那跟来的人；她自己便跪在我面前哭诉，说死也不愿回她男人家去。你说我有什么法子。只好让那跟来的人先回去再说。好在没有几天，她们要上学了，我将来交给她的爹吧。唉，现在的人，心眼儿真是越过越大了；一个乡下女人，也会闹出这样惊天动地的事了！”

“可不是，”李妈在旁插嘴道，“太太你不知道；我家三叔前儿来，我还听他说呢。我本不该说的，阿弥陀佛！太太，你想她不愿意回婆家，老愿意住在娘家，是什么道理？家里只有一个单身的老子；你想那该死的老畜生！他舍不得放她回去呀！”

“低些，真的么？”韦太太惊诧地问。

“他们说得千真万确的。我早就想告诉太太了，总有些疑心；今天看她的样子，真有几分对呢。太太，你想现在还成什么世界！”

“这该不至于吧。”我淡淡地插了一句。

“少爷，你那里知道！”韦太太叹了一口气，“——好在没有几天了，让她快些走吧；别将我们的运气带坏了。她的事，我们以后也别谈吧。”

开学的通告来了，我定在二十八走。二十六的晚上，阿河忽然不到厨房里挈水了。韦小姐跑来低低地告诉我，“娘叫阿齐将阿河送回去了；我在楼上，都不知道呢。”我应了一声，一句话也没有说。正如每日有三顿饱饭吃的人，忽然绝了粮；却又不能告诉一个人！而且我觉得她的前面是黑洞洞的，此去不定有什么好歹！那一夜我是没有好好地睡，只翻来覆去地做梦，醒来却又一例茫然。这样昏昏沉沉地到了二十八早上，懒懒地向韦君夫妇和韦小姐告别而行，韦君夫妇坚约春假再来住，我只得含糊答应着。出门时，我很想回望厨房几眼；但许多人都站在门口送我，我怎好回头呢？

到校一打听，老友陆已来了。我不及料理行李，便找着他，将阿河的事一五一十告诉他。他本是个好事的人；听我说时，时而皱眉，时而叹气，时而擦掌。听到她只十八岁时，他突然将舌头一伸，跳起来道。

“可惜我早有了我那太太！要不然，我准得想法子娶她！”

"你娶她就好了；现在不知鹿死谁手呢？"

我们默默相对了一会，陆忽然拍着桌子道。

"有了，老汪不是去年失了恋么？他现在还没有主儿，何不给他俩撮合一下。"

我正要答说，他已出去了。过了一会子，他和汪来了；进门就嚷着说。

"我和他说，他不信；要问你呢！"

"事是有的，人呢，也真不错。只是人家的事，我们凭什么去管！"我说。

"想法子呀！"陆嚷着。

"什么法子？你说！"

"好，你们尽和我开顽笑，我才不理会你们呢！"汪笑了。

我们几乎每天都要谈到阿河，但谁也不曾认真去"想法子"。

一转眼已到了春假。我再到韦君别墅的时候，水是绿绿的，桃腮柳眼，着意引人。我却只惦着阿河，不知她怎么样了。那时韦小姐已回来两天。我背地里问她，她说。

"奇得狠！阿齐告诉我，说她二月间来求娘来了。她说她男人已死了心，不想她回去；只不肯白白地放掉她。他教她的爹拿出八十块钱来，人就是她的爹的了；他自己也好另娶一房人。可是阿河说她的爹那有这些钱？她求娘可怜可怜她！娘的脾气你知道。她是个古板的人；她数说了阿河一顿，一个钱也不给！我现在和阿齐说，让他上镇去时，带个信儿给她，我可以给她五块钱。我想你也可以帮她些，我教阿齐一块儿告诉她吧。只可惜她未必肯再上我们这儿来啰！”

“我拿十块钱吧，你告诉阿齐就是。”

我看阿齐空闲了，便又去问阿河的事。他说。

“她的爹正给她东找西找地找主儿呢。只怕难吧，八十块大洋呢！”

我忽然觉得不自在起来，不愿再问下去。

过了两天，阿齐从镇上回来，说。

“今天见着阿河了。娘的，齐整起来了。穿起了裙子，做老板娘娘了！据说是自己拣中的；这种年头！”

我立刻觉得，这一来全完了！只怔怔地看着阿齐，似乎想在他脸上找出阿河的影子。咳，我说什么好呢？愿运命之神长远庇护着她吧！

第二天我便托故离开了那别墅；我不愿再见那湖光山色，更不愿再见那间小小的厨房！

给亡妇

谦，日子真快，一眨眼你已经死了三个年头了。这三年里世事不知变化了多少回，但你未必注意这些个，我知道。你第一惦记的是你几个孩子，第二便轮着我。孩子和我平分你的世界，你在日如此；你死后若还有知，想来还如此的。告诉你，我夏天回家来着：迈儿①长得结实极了，比我高一个头。闰儿②父亲说是最乖，可是没有先前胖了。采芷③和转子④都好。五儿⑤全家夸她长得好看；却在腿上生了湿疮，整天坐在竹床上不能下来，看了怪可怜的。六儿，我怎么说好，你明白，你临终时也和母亲谈过，这孩子是只可以养着玩儿的，他左挨右挨去年春天，到底没有挨过去。这孩子生了几个月，你的肺病就重起来了。我劝你少亲近他，

① 迈儿：朱自清的长子。
② 闰儿：朱自清的次子。
③ 采芷：朱自清的长女。
④ 转子：朱自清的次女。
⑤ 五儿：朱自清的三女。

只监督着老妈子照管就行。你总是忍不住，一会儿提，一会儿抱的。可是你病中为他操的那一份儿心也够瞧的。那一个夏天他病的时候多，你成天儿忙着，汤呀，药呀，冷呀，暖呀，连觉也没有好好儿睡过。哪里有一分一毫想着你自己。瞧着他硬朗点儿你就乐，干枯的笑容在黄蜡般的脸上，我只有暗中叹气而已。

从来想不到做母亲的要像你这样。从迈儿起，你总是自己喂乳，一连四个都这样。你起初不知道按钟点儿喂，后来知道了，却又弄不惯；孩子们每夜里几次将你哭醒了，特别是闷热的夏季。我瞧你的觉老没睡足。白天里还得做菜，照料孩子，很少得空儿。你的身子本来坏，四个孩子就累你七八年。到了第五个，你自己实在不成了，又没乳，只好自己喂奶粉，另雇老妈子专管她。但孩子跟老妈子睡，你就没有放过心；夜里一听见哭，就竖起耳朵听，工夫一大就得过去看。十六年初，和你到北京来，将迈儿，转子留在家里；三年多还不能去接他们，可真把你惦记苦了。你并不常提，我却明白。你后来说你的病就是惦记出来的；那个自然也有份儿，不过大半还是养育孩子累的。你的短短的十二年结婚生活，有十一年耗费在孩子们身上；而你一点不厌倦，有多少力量用多少，一直到自己毁灭为止。你对孩子一般儿爱，不问男的女的，大的小的。也不想到什么“养儿防老，积谷防饥”，只拼命的爱去。你对于教育老实说有些外行，孩子们只要吃得好玩得好就成了。这也难怪你，你自己便是这样长大的。况且孩子们原都还小，吃和玩本来也要紧的。你病重的时候最放不下的还是孩子。病的只剩皮包着骨头了，总不信自己不会好；老说：“我死了，这一大群孩子可苦了。”后来说送你回家，你想着可以看见迈儿和转子，也愿意；你万不想到会一走不返的。我送车的时候，你忍不住哭了，说：“还不知能不能再见？”可怜，你的心我知道，你满想着好好儿带着六个孩子回来见我的。谦，你那时一定这样想，一定的。

除了孩子，你心里只有我。不错，那时你父亲还在；可是你母亲死了，他另有个女人，你老早就觉得隔了一层似的。出嫁后第一年你虽还一心一意依恋着他老人家，到第二年上我和孩子可就将你的心占住，你再没有多少工夫惦记他了。你还记得第一年我在北京，你在家里。家里来信说你待不住，常回娘家去。我动气了，马上写信责备你。你教人写了一封复信，说家里有事，不能不回去。这是你第一次也可以说第末次的抗议，我从此就没给你写信。暑假时带了一肚子主意回去，但见了面，看你一脸笑，也就拉倒了。打这时候起，你渐渐从你父亲的怀里跑到我这儿。你换了金镯子帮助我的学费，叫我以后还你；但直到你死，我没有还你。你在我家受了许多气，又因为我家的缘故受你家里的气，你都忍着。这全为的是我，我知道。那回我从家乡一个中学半途辞职出走。家里人讽你也走。哪里走！只得硬着头皮往你家去。那时你家像个冰窖子，你们在窖里足足住了三个月。好容易我才将你们领出来了，一同上外省去。小家庭这样组织起来了。你虽不是什么阔小姐，可也是自小娇生惯养的，做起主妇来，什么都得干一两手；你居然做下去了，而且高高兴兴地做下去了。菜照例满是你做，可是吃的都是我们；你至多夹上两三筷子就算了。你的菜做得不坏，有一位老在行①大大地夸奖过你。你洗衣服也不错，夏天我的绸大褂大概总是你亲自动手。你在家老不乐意闲着；坐前几个“月子”，老是四五天就起床，说是躺着家里事没条没理的。其实你起来也还不是没条理；咱们家那么多孩子，哪儿来条理？在浙江住的时候，逃过两回兵难，我都在北平。真亏你领着母亲和一群孩子东藏西躲的；末一回还要走多少里路，翻一道大岭。这两回差不多只靠你一个人。你不但带了母亲和孩子们，还带了我一箱箱的书；你知道我是最爱书的。在短短的十二年里，你操的心比人家一辈子还多；谦，你那样身子怎么经得住！你将我的责任一股脑儿担负了去，压死了你；我如何对得起你！

你为我的劳什子②书也费了不少神；第一回让你父亲的男佣人从家乡捎到上海去。他说了几句闲话，你气得在你父亲面前哭了。第二回是带着逃难，别人都说你傻子。你有你的想头：“没有书怎么教书？况且他又爱这个玩意儿。”其实你没有晓得，那些书丢了也并不可惜；不过教你怎么晓得，我平常从来没和你谈

---

① 老在行：意思是十分在行。

② 劳什子：指使人讨厌的东西。

过这些个！总而言之，你的心是可感谢的。这十二年里你为我吃的苦真不少，可是没有过几天好日子。我们在一起住，算来也还不到五个年头。无论日子怎么坏，无论是离是合，你从来没对我发过脾气，连一句怨言也没有。——别说怨我，就是怨命也没有过。老实说，我的脾气可不大好，迁怒的事儿有的是。那些时候你往往抽噎着流眼泪，从不回嘴，也不号啕。不过我也只信得过你一个人，有些话我只和你一个人说，因为世界上只你一个人真关心我，真同情我。你不但为我吃苦，更为我分苦；我之有我现在的精神，大半是你给我培养着的。这些年来我很少生病。但我最不耐烦生病，生了病就呻吟不绝，闹那伺候病的人。你是领教过一回的，那回只一两点钟，可是也够麻烦了。你常生病，却总不开口，挣扎着起来；一来怕搅我，二来怕没人做你那份儿事。我有一个坏脾气，怕听人生病，也是真的。后来你天天发烧，自己还以为南方带来的疟疾，一直瞒着我。明明躺着，听见我的脚步，一骨碌就坐起来。我渐渐有些奇怪，让大夫一瞧，这可糟了，你的一个肺已烂了一个大窟窿了！大夫劝你到西山去静养，你丢不下孩子，又舍不得钱；劝你在家里躺着，你也丢不下那份儿家务。越看越不行了，这才送你回去。明知凶多吉少，想不到只一个月工夫你就完了！本来盼望还见得着你，这一来可拉倒了。你也何尝想到这个？父亲告诉我，你回家独住着一所小住宅，还嫌没有客厅，怕我回去不便哪。

前年夏天回家，上你坟上去了。你睡在祖父母的下首，想来还不孤单的。只是当年祖父母的坟太小了，你正睡在圹[①]底下。这叫做“抗圹”，在生人看来是不安心的；等着想办法哪。那时圹上圹下密密地长着青草，朝露浸湿了我的布鞋。你刚埋了半年多，只有圹下多出一块土，别的全然看不出新坟的样子。我和隐今夏回去，本想到你的坟上来；因为她病了没来成。我们想告诉你，五个孩子都好，我们一定尽心教养他们，让他们对得起死了的母亲——你！谦，好好儿放心安睡吧，你。

---

① 圹：即墓穴。

儿　女

我现在已是五个儿女的父亲了。想起圣陶[①]喜欢用的“蜗牛背了壳”[②]的比喻，便觉得不自在。新近一位亲戚嘲笑我说，“要剥层皮呢！”更有些悚然了。十年前刚结婚的时候，在胡适之先生的《藏晖室札记》里，见过一条，说世界上有许多伟大的人物是不结婚的；文中并引培根的话，“有妻子者，其命定矣。”当时确吃了一惊，仿佛梦醒一般；但是家里已是不由分说给娶了媳妇，又有甚么可说？现在是一个媳妇，跟着来了五个孩子；两个肩头上，加上这么重一副担子，真不知怎样走才好。“命定”是不用说了；从孩子们那一面说，他们该怎样长大，也正是可以忧虑的事。我是个彻头彻尾自私的人，做丈夫已是勉强，做父亲更是不成。自然，“子孙崇拜”，“儿童本位”的哲理或伦理，我

① 圣陶：指叶圣陶，现代著名作家、教育家。早年发表文章署名叶绍钧。代表作有《稻草人》等。

② 蜗牛背了壳：比喻负担重了，不自由了。

也有些知道；既做着父亲，闭了眼抹杀孩子们的权利，知道是不行的。可惜这只是理论，实际上我是仍旧按照古老的传统，在野蛮地对付着，和普通的父亲一样。近来差不多是中年的人了，才渐渐觉得自己的残酷；想着孩子们受过的体罚和叱责，始终不能辩解——像抚摩着旧创痕那样，我的心酸溜溜的。有一回，读了有岛武郎《与幼小者》的译文，对了那种伟大的，沉挚的态度，我竟流下泪来了。去年父亲来信，问起阿九，那时阿九还在白马湖呢；信上说，“我没有耽误你，你也不要耽误他才好。”我为这句话哭了一场；我为什么不像父亲的仁慈？我不该忘记，父亲怎样待我们来着！人性许真是二元[①]的，我是这样地矛盾；我的心像钟摆似的来去。

你读过鲁迅先生的《幸福的家庭》么？我的便是那一类的“幸福的家庭”！每天午饭和晚饭，就如两次潮水一般。先是孩子们你来他去地在厨房与饭间里查看，一面催我或妻发“开饭”的命令。急促繁碎的脚步，夹着笑和嚷，一阵阵袭来，直到命令发出为止。他们一递一个地跑着喊着，将命令传给厨房里佣人；便立刻抢着回来搬凳子。于是这个说，“我坐这儿！”那个说，“大哥不让我！”大哥却说，“小妹打我！”我给他们调解，说好话。

① 二元：原是哲学用语。认为世界上有两个本原的哲学学说叫作二元论。此处是指作者在对待儿女问题上存在两种对立的思想态度，即一方面厌恶，另一方面喜欢。

但是他们有时候很固执，我有时候也不耐烦，这便用着叱责了；叱责还不行，不由自主地，我的沉重的手掌便到他们身上了。于是哭的哭，坐的坐，局面才算定了。接着可又你要大碗，他要小碗，你说红筷子好，他说黑筷子好；这个要干饭，那个要稀饭，要茶要汤，要鱼要肉，要豆腐，要萝卜；你说他菜多，他说你菜好。妻是照例安慰着他们，但这显然是太迂缓了。我是个暴躁的人，怎么等得及？不用说，用老法子将他们立刻征服了；虽然有哭的，不久也就抹着泪捧起碗了。吃完了，纷纷爬下凳子，桌上是饭粒呀，汤汁呀，骨头呀，渣滓呀，加上纵横的筷子，欹斜的匙子，就如一块花花绿绿的地图模型。吃饭而外，他们的大事便是游戏，游戏时，大的有大主意，小的有小主意，各自坚持不下，于是争执起来；或者大的欺负了小的，或者小的竟欺负了大的，被欺负的哭着嚷着，到我或妻的面前诉苦；我大抵仍旧要用老法子来判断的，但不理的时候也有。最为难的，是争夺玩具的时候：这一个的与那一个的是同样的东西，却偏要那一个的；而那一个便偏不答应。在这种情形之下，不论如何，终于是非哭了不可的。这些事件自然不至于天天全有，但大致总有好些起。我若坐在家里看书或写什么东西，管保一点钟里要分几回心，或站起来一两次的。若是雨天或礼拜日，孩子们在家的多，那么，摊开书竟看不下一行，提起笔也写不出一个字的事，也有过的。我常和妻说，“我们家真是成日的千军万马呀！”有时是不但“成日”，连夜里也有兵马在进行着，在有吃乳或生病的孩子的时候！

我结婚那一年，才十九岁。二十一岁，有了阿九；二十三岁，又有了阿菜。那时我正像一匹野马，那能容忍这些累赘的鞍鞯，辔头，和缰绳？摆脱也知是不行的，但不自觉地时时在摆脱着。现在回想起来，那些日子，真苦了这两个孩子；真是难以宽宥的种种暴行呢！阿九才两岁半的样子，我们住在杭州的学校里。不知怎地，这孩子特别爱哭，又特别怕生人。一不见了母亲，或来了客，就哇哇地哭起来了。学校里住着许多人，我不能让他扰着他们，而客人也总是常有的；我懊恼极了，有一回，特地骗出了妻，关了门，将他按在地下打了一顿。这件事，妻到现在说起来，还觉得有些不忍；她说我的手太辣了，到底还是两岁半的孩子！我近年常想着那时的光景，也觉黯然。阿菜在台州，那是更小了；才过了周岁，还不大会走路。也是为了缠着母亲的缘故吧，我将她紧紧地按在墙角里，直哭喊了三四分钟；因此生了好几天病。妻说，那时真寒心呢！但我的苦痛也是真的。我曾给圣陶写信，说孩子们的折磨，实在无法奈何；有时竟觉着还是自杀的好。这虽是气愤的话，但这样的心情，确也有过的。后来孩子是多起来了，磨折也磨折得久了，少年的锋棱渐渐地钝起来了；加以增长的年岁增长了理性的裁制力，我能够忍耐了——觉得从前真是一个“不成材的父亲”，如我给另一个朋友信里所说。但我的孩子们在幼小时，确比别人的特别不安静，我至今还觉如此。我想这大约还是由于我们抚育不得法；从前只一味地责备孩子，让他们代我们负起责任，却未免是可耻的残酷了！

正面意义的“幸福”，其实也未尝没有。正如谁所说，小的总是可爱，孩子们的小模样，小心眼儿，确有些教人舍不得的。阿毛现在五个月了，你用手指去拨弄她的下巴，或向她做趣脸，她便会张开没牙的嘴格格地笑，笑得像一朵正开的花。她不愿在屋里待着；待久了，便大声儿嚷。妻常说，“姑娘又要出去溜达了。”她说她像鸟儿般，每天总得到外面溜一些时候。闰儿上个月刚过了三岁，笨得很，话还没有学好呢。他只能说三四个字的短语或句子，文法错误，发音模糊，又得费气力说出；我们老是要笑他的。他说“好”字，总变成“小”字；问他“好不好？”他便说“小”，或“不小”。我们常常逗着他说这个字玩儿；他似乎有些觉得，近来偶然也能说出正确的“好”字了——特别在我们故意说成“小”字的时候。他有一只搪瓷碗，是一毛来钱买的；买来时，老妈子教给他，“这是一毛钱。”他便记住“一毛”两个字，管那只碗叫“一毛”，有时竟省称为“毛”。这在新来的老妈子，是必需翻译了才懂的。他不好意思，或见着生客时，便咧着嘴痴笑；我们常用了土话，叫他做“呆瓜”。他是个小胖子，短短的腿，走起路来，蹒跚可笑；若快走或跑，便更“好看”了。他有时学我，将两手叠在背后，一摇一摆的；那是他自己和我们都要乐的。他的大姊便是阿菜，已是七岁多了，在小学校里念着书。在饭桌上，一定得啰啰唆唆地报告些同学或他们父母的事情；气喘喘地说着，不管你爱听不爱听。说完了总问我："爸爸认识么？""爸爸知道么？"妻常禁止她吃饭时说话，所以她总是问我。她的问题真多：看电影便问电影里的是不是人？是不是真人？怎么不说话？看照相也是一样。不知谁告诉她，兵是要打人的。她回来便问，兵是人么？为什么打人？近来大约听了先生的话，回来又问张作霖的兵是帮谁的？蒋介石的兵是不是帮我们的？诸如此类的问题，每天短不了，常常闹得我不知怎样答才行。她和闰儿在一处玩儿，一大一小，不很合式，老是吵着哭着。但合式的时候也有：譬如这个往床底下躲，那个便钻进去追着；这个钻出来，那个也跟着——从这个床到那个床，只听见笑着，嚷着，喘着，真如妻所说，像小狗似的。现在在京的，便只有这三个孩子；阿九和转儿是去年北来时，让母亲暂时带回扬州去了。

阿九是欢喜书的孩子。他爱看《水浒》《西游记》《三侠五义》《小朋友》等；没有事便捧着书坐着或躺着看。只不欢喜《红楼梦》，说是没有味儿。是的，《红楼梦》的味儿，一个十岁的孩子，哪里能领略呢？去年我们事实上只能带两个孩子来；因为他大些，而转儿是一直跟着祖母的，便在上海将他俩丢下。我清清楚楚记得那分别的一个早上。我领着阿九从二洋泾桥的旅馆出来，送他到母亲和转儿住着的亲戚家去。妻嘱咐说，"买点吃的给他们吧。"我们走过四马路，到一家茶食铺里。阿九说要熏鱼，我给买了；又买了饼干，是给转儿的。便乘电车到海宁路。下车时，看着他的害怕与累赘，很觉恻然。到亲戚家，因为就要回旅馆收拾上船，只说了一两句话便出来；转儿望望我，没说什么，阿九是和祖母说什么去了。我回头看了他们一眼，硬着头皮走了。后来妻告诉我，阿九背地里向她说："我知道爸爸欢喜小妹，不带我上北京去。"其实这是冤枉的。他又曾和我们说，"暑假时一定来接我啊！"我们当时答应着；但现在已是第二个暑假了，他们还在迢迢的扬州待着。他们是恨着我们呢？还是惦着我们呢？妻是一年来老放不下这两个，常常独自暗中流泪；但我有什么法子呢！想到"只为家贫成聚散"[①]一句无名的诗，不禁有些凄然。转儿与我较生疏些。但去年离开白马湖时，她也曾用了生硬的扬州话（那时她还没有到过扬州呢），和那特别尖的小嗓子向着我："我要到北京去。"她晓得什么北京，只跟着大孩子们说罢了；但当时听着，现在想着的我，却真是抱歉呢。这兄妹俩离开我，原是常事，离开母亲，虽也有过一回，这回可是太长了；小小的心儿，知道是怎样忍耐那寂寞来着！

我的朋友大概都是爱孩子的。少谷有一回写信责备我，说儿女的吵闹，也是很有趣的，何至可厌到如我所说；他说他真不解。子恺为他家华瞻写的文章，真是"蔼然仁者之言"[②]。圣陶也常

---

① 这句话的意思是全家原本应当欢聚一堂，但因为家贫各散东西。

② 这里指的是和善而有道德的人的言论。

常为孩子操心：小学毕业了，到什么中学好呢？——这样的话，他和我说过两三回了。我对他们只有惭愧！可是近来我也渐渐觉着自己的责任。我想，第一该将孩子们团聚起来，其次便该给他们些力量。我亲眼见过一个爱儿女的人，因为不曾好好地教育他们，便将他们荒废了。他并不是溺爱，只是没有耐心去料理他们，他们便不能成材了。我想我若照现在这样下去，孩子们也便危险了。我得计划着，让他们渐渐知道怎样去做人才行。但是要不要他们像我自己呢？这一层，我在白马湖教初中学生时，也曾从师生的立场上问过丏尊，他毫不踌躇地说，“自然啰。”近来与平伯谈起教子，他却答得妙，“总不希望比自己坏啰。”是的，只要不“比自己坏”就行，“像”不“像”倒是不在乎的。职业，人生观等，还是由他们自己去定的好；自己顶可贵，只要指导，帮助他们去发展自己，便是极贤明的办法。

予同说，“我们得让子女在大学毕了业，才算尽了责任。”SK说，“不然，要看我们的经济，他们的材质与志愿；若是中学毕了业，不能或不愿升学，便去做别的事，譬如做工人吧，那也并非不行的。”自然，人的好坏与成败，也不尽靠学校教育；说是非大学毕业不可，也许只是我们的偏见。在这件事上，我现在毫不能有一定的主意；特别是这个变动不居的时代，知道将来怎样？好在孩子们还小，将来的事且等将来吧。目前所能做的，只是培养他们基本的力量——胸襟与眼光；孩子们还是孩子们，自然说不上高的远的，慢慢从近处小处下手便了。这自然也只能先按照我自己的样子：“神而明之，存乎其人，”光辉也罢，倒楣也罢，平凡也罢，让他们各尽各的力去。我只希望如我所想的，从此好好地做一回父亲，便自称心满意。——想到那“狂人”[①]“救救孩子”的呼声，我怎敢不悚然自勉呢？

① 狂人：鲁迅作品《狂人日记》中的主人公。

择偶记

自己是长子长孙，所以不到十一岁就说起媳妇来了。那时对于媳妇这件事简直茫然，不知怎么一来，就已经说上了。是曾祖母娘家人，在江苏北部一个小县份的乡下住着。家里人都在那里住过很久，大概也带着我；只是太笨了，记忆里没有留下一点影子。祖母常常躺在烟榻上讲那边的事，提着这个那个乡下人的名字。起初一切都像只在那白腾腾的烟气里。日子久了，不知不觉熟悉起来了，亲昵起来了。除了住的地方，当时觉得那叫做“花园庄”的乡下实在是最有趣的地方了。因此听说媳妇就定在那里，倒也仿佛理所当然，毫无意见。每年那边田上有人来，蓝布短打扮，衔着旱烟管，带好些大麦粉，白薯干儿之类。他们偶然也和家里人提到那位小姐，大概比我大四岁，个儿高，小脚；但是那时我热心的其实还是那些大麦粉和白薯干儿。

记得是十二岁上，那边捎信来，说小姐痨病死了。家里并没有人叹惜；大约他们看见她时她还小，年代一多，也就想不清是怎样一个人了。父亲其时在外省做官，母亲颇为我亲事着急，便托了常来做衣服的裁缝做媒。为的是裁缝走的人家多，而且可以看见太太小姐。主意并没有错，裁缝来说一家人家，有钱，两位小姐，一位是姨太太生的；他给说的是正太太生的大小姐。他说那边要相亲。母亲答应了，定下日子，由裁缝带我上茶馆。记得那是冬天，到日子母亲让我穿上枣红宁绸袍子，黑宁绸马褂，戴上红帽结儿的黑缎瓜皮小帽，又叮嘱自己留心些。茶馆里遇见那位相亲的先生，方面大耳，同我现在年纪差不多，布袍布马褂，像是给谁穿着孝。这个人倒是慈祥的样子，不住地打量我，也问了些念什么书一类的话。回来裁缝说人家看得很细：说我的“人中”长，不是短寿的样子，又看我走路，怕脚上有毛病。总算让人家看中了，该我们看人家了。母亲派亲信的老妈子去。老妈子的报告是，大小姐个儿比我大得多，坐下去满满一圈椅；二小姐倒苗苗条条的。母亲说胖了不能生育，像亲戚里谁谁谁；教裁缝说二小姐。那边似乎生了气，不答应，事情就吹了。

母亲在牌桌上遇见一位太太，她有个女儿，透着聪明伶俐。母亲有了心，回家说那姑娘和我同年，跳来跳去的，还是个孩子。隔了些日子，便托人探探那边口气。那边做的官似乎比父亲的更小，那时正是光复的前年，还讲究这些，所以他们乐意做这门亲。事情已到九成九，忽然出了岔子。本家叔祖母用的一个寡妇老妈子熟悉这家子的事，不知怎么教母亲打听着了。叫她来问，她的话遮遮掩掩的。到底问出来了，原来那小姑娘是抱来的，可是她一家很宠她，和亲生的一样。母亲心冷了。过了两年，听说她已生了痨病，吸上鸦片烟了。母亲说，幸亏当时没有定下来。我已懂得一些事了，也这末想着。

光复那年，父亲生伤寒病，请了许多医生看。最后请着一位武先生，那便是我后来的岳父。有一天，常去请医生的听差回来说，医生家有位小姐。父亲既然病着，母亲自然更该担心我的事。一听这话，便追问下去。听差原只顺口谈天，也说不出个所以然。母亲便在医生来时，教人问他轿夫，那位小姐是不是他家的。轿夫说是的。母亲便和父亲商量，托舅舅问医生的意思。那天我正在父亲病榻旁，听见他们的对话。舅舅问明了小姐还没有人家，便说，像 × 翁这样人家怎末样？医生说，很好呀。话到此为止，接着便是相亲；还是母亲那个亲信的老妈子去。这回报告不坏，说就是脚大些。事情这样定局，母亲教轿夫回去说，让小姐裹上点儿脚。妻嫁过来后，说相亲的时候早躲开了，看见的是另一个人。至于轿夫捎的信儿，却引起了一段小小风波。岳父对岳母说，早教你给她裹脚，你不信；瞧，人家怎末说来着！岳母说，偏偏不裹，看他家怎末样！可是到底采取了折衷的办法，直到妻嫁过来的时候。

冬　天

说起冬天，忽然想到豆腐。是一“小洋锅”（铝锅）白煮豆腐，热腾腾的。水滚着，像好些鱼眼睛，一小块一小块豆腐养在里面，嫩而滑，仿佛反穿的白狐大衣。锅在“洋炉子”（煤油不打气炉）上，和炉子都熏得乌黑乌黑，越显出豆腐的白。这是晚上，屋子老了，虽点着“洋灯”①，也还是阴暗。围着桌子坐的是父亲跟我们哥儿三个。“洋炉子”太高了，父亲得常常站起来，微微地仰着脸，觑着眼睛，从氤氲的热气里伸进筷子，夹起豆腐，一一地放在我们的酱油碟里。我们有时也自己动手，但炉子实在太高了，总还是坐享其成的多。这并不是吃饭，只是玩儿。父亲说晚上冷，吃了大家暖和些。我们都喜欢这种白水豆腐；一上桌就眼巴巴望着那锅，等着那热气，等着热气里从父亲筷子上掉下来的豆腐。

又是冬天，记得是阴历十一月十六晚上，跟S君P君在西湖里坐小划子。S君刚到杭州教书，事先来信说：“我们要游西湖，

① 洋灯：指煤油灯。

不管它是冬天。”那晚月色真好，现在想起来还像照在身上。本来前一晚是“月当头”；也许十一月的月亮真有些特别吧。那时九点多了，湖上似乎只有我们一只划子。有点风，月光照着软软的水波；当间那一溜儿反光，像新砑的银子。湖上的山只剩了淡淡的影子。山下偶尔有一两星灯火。S君口占两句诗道：“数星灯火认渔村，淡墨轻描远黛痕[①]。”我们都不大说话，只有均匀的桨声。我渐渐地快睡着了。P君“喂”了一下，才抬起眼皮，看见他在微笑。船夫问要不要上净寺去；是阿弥陀佛生日，那边蛮热闹的。到了寺里，殿上灯烛辉煌，满是佛婆念佛的声音，好像醒了一场梦。这已是十多年前的事了，S君还常常通着信，P君听说转变了好几次，前年是在一个特税局里收特税了，以后便没有消息。

在台州过了一个冬天，一家四口子。台州是个山城，可以说在一个大谷里。只有一条二里长的大街。别的路上白天简直不大见人；晚上一片漆黑。偶尔人家窗户里透出一点灯光，还有走路的拿着的火把；但那是少极了。我们住在山脚下。有的是山上松林里的风声，跟天上一只两只的鸟影。夏末到那里，春初便走，却好像老在过着冬天似的；可是即便真冬天也并不冷。我们住在楼上，书房临着大路；路上有人说话，可以清清楚楚地听见。但因为走路的人太少了，间或有点说话的声音，听起来还只当远风

① 黛痕：指山影。

送来的，想不到就在窗外。我们是外路人，除上学校去之外，常只在家里坐着。妻也惯了那寂寞，只和我们爷儿们守着。外边虽老是冬天，家里却老是春天。有一回我上街去，回来的时候，楼下厨房的大方窗开着，并排地挨着她们母子三个；三张脸都带着天真微笑地向着我。似乎台州空空的，只有我们四人；天地空空的，也只有我们四人。那时是民国十年，妻刚从家里出来，满自在。现在她死了快四年了，我却还老记着她那微笑的影子。

无论怎么冷，大风大雪，想到这些，我心上总是温暖的。

哀韦杰三君①

韦杰三君是一个可爱的人；我第一回见他面时就这样想。这一天我正坐在房里，忽然有敲门的声音；进来的是一位温雅的少年。我问他"贵姓"的时候，他将他的姓名写在纸上给我看；说是苏甲荣先生介绍他来的。苏先生是我的同学，他的同乡，他说前一晚已来找过我了，我不在家；所以这回又特地来的。我们闲谈了一会，他说怕耽误我的时间，就告辞走了。是的，我们只谈了一会儿，而且并没有什么重要的话；——我现在已全忘记——但我觉得已懂得他了，我相信他是一个可爱的人。

第二回来访，是在几天之后。那时新生甄别试验刚完，他的国文课是被分在钱子泉先生的班上。他来和我说，要转到我的班上。我和他说，钱先生的学问，是我素来佩服的；在他班上比在我班上一定好。而且已定的局面，因一个人而变动，也不大方便。他应了几声，也没有什么，就走了。从此他就不曾到我这里来。

① 此文原载在《清华周刊》上，故用了向清华人说话的语气。

有一回，在三院第一排屋的后门口遇见他，他微笑着向我点头；他本是捧了书及墨盒去上课的，这时却站住了向我说：“常想到先生那里，只是功课太忙了，总想去的。”我说：“你闲时可以到我这里谈谈。”我们就点首作别。三院离我住的古月堂似乎很远，有时想起来，几乎和前门一样。所以半年以来，我只在上课前，下课后几分钟里，偶然遇着他三四次；除上述一次外，都只匆匆地点头走过，不曾说一句话。但我常是这样想：他是一个可爱的人。

他的同乡苏先生，我还是来京时见过一回，半年来不曾再见。我不曾能和他谈韦君；我也不曾和别人谈韦君，除了钱子泉先生。钱先生有一日告诉我，说韦君总想转到我班上；钱先生又说：“他知道不能转时，也很安心的用功了，笔记做得很详细的。”我说，自然还是在钱先生班上好。以后这件事还谈起一两次。直到三月十九日早有人误报了韦君的死信；钱先生站在我屋外的台阶上惋惜地说：“他寒假中来和我谈。我因他常是忧郁的样子，便问他为何这样；是为了我么？他说：‘不是，你先生很好的；我是因家境不宽，老是愁烦着。’他说他家里还有一个年老的父亲和未成年的弟弟；他说他弟弟因为家中无钱，已失学了。他又说他历年在外读书的钱，一小半是自己休了学去做教员弄来的，一大半是向人告贷来的。他又说，下半年的学费还没有着落呢。”但他却不愿平白地受人家的钱；我们只看他给大学部学生会起草的请改奖金制为借贷制与工读制的信，便知道他年纪虽轻，做人却有骨气的。

我最后见他，是在三月十八日早上，天安门下电车时。他照平常一样，微笑着向我点头。他的微笑显示他纯洁的心，告诉人，他愿意亲近一切；我是不会忘记的。还有他的静默，我也不会忘记。据陈云豹先生的《行述》，韦君很能说话；但这半年来，我们所见的，却只有他的静默而已。他的静默里含有忧郁，悲苦，坚忍，温雅等等，是最足以引人深长之思和切至之情的。他病中，据陈云豹君在本校追悼会里报告，虽也有一时期，很是躁急，但他终于在离开我们之前，写了那样平静的两句话给校长；他那两句话包蕴着无穷的悲哀，这是静默的悲哀！所以我现在又想，他毕竟是一个可爱的人。

三月十八日晚上，我知道他已危险；第二天早上，听见他死了，叹息而已！但走去看学生会的布告时，知他还在人世，觉得被鼓励似的，忙着将这消息告诉别人。有不信的，我立刻举出学生会布告为证。我二十日进城，到协和医院想去看看他；但不知道医院的规则，去迟了一点钟，不得进去。我很怅惘地在门外徘徊了一会，试问门役道："你知道清华学校有一个韦杰三，死了没有？"他的回答，我原也知道的，是"不知道"三字！那天傍晚回来；二十一日早上，便得着他死的信息——这回他真死了！他死在二十一日上午一时四十八分，就是二十日的夜里，我二十日若早去一点钟，还可见他一面呢。这真是十分遗憾的！二十三日同人及同学入城迎灵，我在城里十二点才见报，已赶不及了。下午回来，在校门外看见杠房里的人，知道柩已来了。我到古月堂一问，知道柩安放在旧礼堂里。我去的时候，正在重殓，韦君已穿好了殓衣在照相了。据说还光着身子照了一张相，是照伤口的。我没有看见他的伤口；但是这种情景，不看见也罢了。照相毕，入殓，我走到柩旁：韦君的脸已变了样子，我几乎不认识了！他的两颧突出，颊肉瘪下，掀唇露齿，那里还像我初见时的温雅呢？这必是他几日间的痛苦所致的。唉，我们可以想见了！我正在乱想，棺盖已经盖上；唉，韦君，这真是最后一面了！我们从此真无再见之期了！死生之理，我不能懂得，但不能再见是事实，韦君，我们失掉了你，更将从何处觅你呢？

韦君现在一个人睡在刚秉庙的一间破屋里，等着他迢迢千里的老父，天气又这样坏；韦君，你的魂也彷徨着吧！

白种人

——上帝的骄子[①]

去年暑假到上海，在一路电车的头等里，见一个大西洋人带着一个小西洋人，相并地坐着。我不能确说他俩是英国人或美国人；我只猜他们是父与子。那小西洋人，那白种的孩子，不过十一二岁光景，看去是个可爱的小孩，引我久长的注意。他戴着平顶硬草帽，帽檐下端正地露着长圆的小脸。白中透红的面颊，眼睛上有着金黄的长睫毛，显出和平与秀美。我向来有种癖气：见了有趣的小孩，总想和他亲热，做好同伴；若不能亲热，便随时亲近亲近也好。在高等小学时，附设的初等里，有一个养着乌黑的西发的刘君，真是依人的小鸟一般；牵着他的手问他的话时，他只静静地微仰着头，小声儿回答——我不常看见他的笑容，他

① 上帝的骄子：取“天之骄子”之意，汉朝时匈奴自称为“天之骄子”，后来通称骄横的异族为“天之骄子”。许多白种人信奉上帝，因此把“天”改为“上帝”。

的脸老是那么幽静和真诚，皮下却烧着亲热的火把。我屡次让他到我家来，他总不肯；后来两年不见，他便死了。我不能忘记他！我牵过他的小手，又摸过他的圆下巴。但若遇着蓦生的小孩，我自然不能这么做，那可有些窘了；不过也不要紧，我可用我的眼睛看他——一回，两回，十回，几十回！孩子大概不很注意人的眼睛，所以尽可自由地看，和看女人要遮遮掩掩的不同。我凝视过许多初会面的孩子，他们都不曾向我抗议；至多拉着同在的母亲的手，或倚着她的膝头，将眼看她两看罢了。所以我胆子很大。这回在电车里又发了老癖气，我两次三番地看那白种的孩子，小西洋人！

初时他不注意或者不理会我，让我自由地看他。但看了不几回，那父亲站起来了，儿子也站起来了，他们将到站了。这时意外的事来了。那小西洋人本坐在我的对面；走近我时，突然将脸尽力地伸过来了，两只蓝眼睛大大地睁着，那好看的睫毛已看不见了；两颊的红也已褪了不少了。和平，秀美的脸一变而为粗俗，凶恶的脸了！他的眼睛里有话："咄！黄种人，黄种的支那人，你——你看吧！你配看我！"他已失了天真的稚气，脸上满布着横秋的老气了！我因此宁愿称他为"小西洋人"。他伸着脸向我足有两秒钟；电车停了，这才胜利地掉过头，牵着那大西洋人的手走了。大西洋人比儿子似乎要高出一半；这时正注目窗外，不曾看见下面的事。儿子也不去告诉他，只独断独行地伸他的脸；

伸了脸之后，便又若无其事的，始终不发一言——在沉默中得着胜利，凯旋而去。不用说，这在我自然是一种袭击，“出其不意，攻其不备”的袭击！

这突然的袭击使我张皇失措；我的心空虚了，四面的压迫很严重，使我呼吸不能自由。我曾在N城的一座桥上，遇见一个女人；我偶然地看她时，她却垂下了长长的黑睫毛，露出老练和鄙夷的神色。那时我也感着压迫和空虚，但比起这一次，就稀薄多了：我在那小西洋人两颗枪弹似的眼光之下，茫然地觉着有被吞食的危险，于是身子不知不觉地缩小——大有在奇境中的阿丽思[①]的劲儿！我木木然目送那父与子下了电车，在马路上开步走；那小西洋人竟未一回头，断然地去了。我这时有了迫切的国家之感！我做着黄种的中国人，而现在还是白种人的世界，他们的骄傲与践踏当然会来的；我所以张皇失措而觉着恐怖者，因为那骄傲我的，践踏我的，不是别人，只是一个十来岁的“白种的”孩子，竟是一个十来岁的白种的“孩子”！我向来总觉得孩子应该是世界的，不应该是一种，一国，一乡，一家的。我因此不能容忍中国的孩子叫西洋人为“洋鬼子”。但这个十来岁的白种的孩子，竟已被撳入人种与国家的两种定型里了。他已懂得凭着人种的优势和国家的强力，伸着脸袭击我了。这一次袭击实是

① 奇境中的阿丽思：19世纪英国加乐尔著《阿丽思漫游奇境记》，写女孩阿丽思漫游神奇国度的童话故事。此处借此比喻自己的惊慌。

许多次袭击的小影，他的脸上便缩印着一部中国的外交史。他之来上海，或无多日，或已长久，耳濡目染，他的父亲，亲长，先生，父执，乃至同国，同种，都以骄傲践踏对付中国人；而他的读物也推波助澜，将中国编排得一无是处，以长他自己的威风。所以他向我伸脸，决非偶然而已。

这是袭击，也是侮蔑，大大的侮蔑！我因了自尊，一面感着空虚，一面却又感着愤怒；于是有了迫切的国家之念。我要诅咒这小小的人！但我立刻恐怖起来了：这到底只是十来岁的孩子呢，却已被传统所埋葬；我们所日夜想望着的“赤子之心”，世界之世界（非某种人的世界，更非某国人的世界！），眼见得在正来的一代，还是毫无信息的！这是你的损失，我的损失，他的损失，世界的损失；虽然是怎样渺小的一个孩子！但这孩子却也有可敬的地方：他的从容，他的沉默，他的独断独行，他的一去不回头，都是力的表现，都是强者适者的表现。决不婆婆妈妈的，决不粘粘搭搭的，一针见血，一刀两断，这正是白种人之所以为白种人。

我真是一个矛盾的人。无论如何，我们最要紧的还是看看自己，看看自己的孩子！谁也是上帝之骄子；这和昔日的王侯将相一样，是没有种的！

看　花

生长在大江北岸一个城市里，那儿的园林本是著名的，但近来却很少；似乎自幼就不曾听见过“我们今天看花去”一类话，可见花事是不盛的。有些爱花的人，大都只是将花栽在盆里，一盆盆搁在架上；架子横放在院子里。院子照例是小小的，只够放下一个架子；架上至多搁二十多盆花罢了。有时院子里依墙筑起一座“花台”，台上种一株开花的树；也有在院子里地上种的。但这只是普通的点缀，不算是爱花。

家里人似乎都不甚爱花；父亲只在领我们上街时，偶然和我们到“花房”里去过一两回。但我们住过一所房子，有一座小花园，是房东家的。那里有树，有花架（大约是紫藤花架之类），但我当时还小，不知道那些花木的名字；只记得爬在墙上的是蔷薇而已。园中还有一座太湖石堆成的洞门；现在想来，似乎也还好的。在那时由一个顽皮的少年仆人领了我去，却只知道跑来跑去捉蝴蝶；有时掐下几朵花，也只是随意挼弄着，随意丢弃了。

至于领略花的趣味，那是以后的事：夏天的早晨，我们那地方有乡下的姑娘在各处街巷，沿门叫着，“卖栀子花来。”栀子花不是什么高品，但我喜欢那白而晕黄的颜色和那肥肥的个儿，正和那些卖花的姑娘有着相似的韵味。栀子花的香，浓而不烈，清而不淡，也是我乐意的。我这样便爱起花来了。也许有人会问，“你爱的不是花吧？”这个我自己其实也已不大弄得清楚，只好存而不论了。

在高小的一个春天，有人提议到城外F寺里吃桃子去，而且预备白吃；不让吃就闹一场，甚至打一架也不在乎。那时虽远在五四运动以前，但我们那里的中学生却常有打进戏园看白戏的事。中学生能白看戏，小学生为什么不能白吃桃子呢？我们都这样想，便由那提议人纠合了十几个同学，浩浩荡荡地向城外而去。到了F寺，气势不凡地呵叱着道人们（我们称寺里的工人为道人），立刻领我们向桃园里去。道人们踌躇着说：“现在桃树刚才开花呢。”但是谁信道人们的话？我们终于到了桃园里。大家都丧了气，原来花是真开着呢！这时提议人P君便去折花。道人们是一直步步跟着的，立刻上前劝阻，而且用起手来。但P君是我们中最不好惹的；“说时迟，那时快”，一眨眼，花在他的手里，道人已跟跄在一旁了。那一园子的桃花，想来总该有些可看；我们却谁也没有想着去看。只嚷着，“没有桃子，得沏茶喝！”道人们满肚子委屈地引我们到“方丈”里，大家各喝一大杯茶。这才平了气，谈谈笑笑地进城去。大概我那时还只懂得爱一朵朵的栀子花，对于开在树上的桃花，是并不了然的；所以眼前的机会，便从眼前错过了。

以后渐渐念了些看花的诗，觉得看花颇有些意思。但到北平读了几年书，却只到过崇效寺一次；而去得又嫌早些，那有名的一株绿牡丹还未开呢。北平看花的事很盛，看花的地方也很多；但那时热闹的似乎也只有一班诗人名士，其余还是不相干的。那正是新文学运动的起头，我们这些少年，对于旧诗和那一班诗人名士，实在有些不敬；而看花的地方又都远不可言，我是一个懒人，便干脆地断了那条心了。后来到杭州做事，遇见了Y君，他是新诗人兼旧诗人，看花的兴致很好。我和他常到孤山去看梅花。孤山的梅花是古今有名的，但太少；又没有临水的，人也太多。有一回坐在放鹤亭上喝茶，来了一个方面有须，穿着花缎马褂的人，用湖南口音和人打招呼道，“梅花盛开嗒！”“盛”字说得特别重，使我吃了一惊；但我吃惊的也只是说在他嘴里“盛”这个声音罢了，花的盛不盛，在我倒并没有什么的。

有一回，Y来说，灵峰寺有三百株梅花；寺在山里，去的人也少。我和Y，还有N君，从西湖边雇船到岳坟，从岳坟入山。曲曲折折走了好一会，又上了许多石级，才到山上寺里。寺甚小，梅花便在大殿西边园中。园也不大，东墙下有三间净室，最宜喝茶看花；北边有座小山，山上有亭，大约叫“望海亭”吧，望海是未必，但钱塘江与西湖是看得见的。梅树确是不少，密密地低低地整列着。那时已是黄昏，寺里只我们三个游人；梅花并没有开，但那珍珠似的繁星似的骨都儿，已经够可爱了；我们都觉得比孤山上盛开时有味。大殿上正做晚课，送来梵呗的声音，和着梅林中的暗香，真叫我们舍不得回去。在园里徘徊了一会，又在屋里坐了一会，天是黑定了，又没有月色，我们向庙里要了一个旧灯笼，照着下山。路上几乎迷了道，又两次三番地狗咬；我们的Y诗人确有些窘了，但终于到了岳坟。船夫远远迎上来道：“你们来了，我想你们不会冤我呢！”在船上，我们还不离口地说着灵峰的梅花，直到湖边电灯光照到我们的眼。

Y回北平去了，我也到了白马湖。那边是乡下，只有沿湖与杨柳相间着种了一行小桃树，春天花发时，在风里娇媚地笑着。还有山里的杜鹃花也不少。这些日日在我们眼前，从没有人像煞有介事地提议，“我们看花去。”但有一位S君，却特别爱养花；他家里几乎是终年不离花的。我们上他家去，总看他在那里不是拿着剪刀修理枝叶，便是提着壶浇水。我们常乐意看着。他院子里一株紫薇花很好，我们在花旁喝酒，不知多少次。白马湖住了不过一年，我却传染了他那爱花的嗜好。但重到北平时，住在花事很盛的清华园里，接连过了三个春，却从未想到去看一回。只在第二年秋天，曾经和孙三先生在园里看过几次菊花。“清华园之菊”是著名的，孙三先生还特地写了一篇文，画了好些画。但那种一盆一干一花的养法，花是好了，总觉没有天然的风趣。直到去年春天，有了些余闲，在花开前，先向人问了些花的名字。一个好朋友是从知道姓名起的，我想看花也正是如此。恰好Y君也常来园中，我们一天三四趟地到那些花下去徘徊。今年Y君忙些，我便一个人去。我爱繁花老干的杏，临风婀娜的小红桃，贴梗累累如珠的紫荆；但最恋恋的是西府海棠。海棠的花繁得好，也淡得好；艳极了，却没有一丝荡意。疏疏的高干子，英气隐隐逼人。可惜没有趁着月色看过；王鹏运有两句词道：“只愁淡月朦胧影，难验微波上下潮。”我想月下的海棠花，大约便是这种光景吧。为了海棠，前两天在城里特地冒了大风到中山公园去，看花的人倒也不少；但不知怎的，却忘了畿辅先哲祠。Y告我那里的一株，遮住了大半个院子；别处的都向上长，这一株却是横里伸张的。花的繁没有法说；海棠本无香，昔人常以为恨，这里花太繁了，却酝酿出一种淡淡的香气，使人久闻不倦。Y告我，正是刮了一日还不息的狂风的晚上；他是前一天去的。他说他去时地上已有落花了，这一日一夜的风，准完了。他说北平看花，是要赶着看的：春光太短了，又晴的日子多；今年算是有阴的日子了，但狂风还是逃不了的。我说北平看花，比别处有意思，也正在此。这时候，我似乎不甚菲薄那一班诗人名士了。

我是扬州人

有些国语教科书里选得有我的文章，注解里或说我是浙江绍兴人，或说我是江苏江都人——就是扬州人。有人疑心江苏江都人是错了，特地老远的写信托人来问我。我说两个籍贯都不算错，但是若打官话，我得算浙江绍兴人。浙江绍兴是我的祖籍或原籍，我从进小学就填的这个籍贯；直到现在，在学校里服务快三十年了，还是报的这个籍贯。不过绍兴我只去过两回，每回只住了一天；而我家里除先母外，没一个人会说绍兴话。

我家是从先祖才到江苏东海做小官。东海就是海州，现在是陇海路的终点。我就生在海州。四岁的时候先父又到邵伯镇做小官，将我们接到那里。海州的情形我全不记得了，只对海州话还有亲热感，因为父亲的扬州话里夹着不少海州口音。在邵伯住了差不多两年，是住在万寿宫里。万寿宫的院子很大，很静；门口就是运河。河坎很高，我常向河里扔瓦片玩儿。邵伯有个铁牛湾，那儿有一条铁牛镇压着。父亲的当差常抱我去看它，骑它，抚摩它。

镇里的情形我也差不多忘记了。只记住在镇里一家人家的私塾里读过书，在那里认识了一个好朋友叫江家振。我常到他家玩儿，傍晚和他坐在他家荒园里一根横倒的枯树干上说着话，依依不舍，不想回家。这是我第一个好朋友，可惜他未成年就死了；记得他瘦得很，也许是肺病吧？

六岁那一年父亲将全家搬到扬州。后来又迎养先祖父和先祖母。父亲曾到江西做过几年官，我和二弟也曾去过江西一年；但是老家一直在扬州住着。我在扬州读初等小学，没毕业；读高等小学，毕了业；读中学，也毕了业。我的英文得力于高等小学里一位黄先生，他已经过世了。还有陈春台先生，他现在是北平著名的数学教师。这两位先生讲解英文真清楚，启发了我学习的兴趣；只恨我始终没有将英文学好，愧对这两位老师。还有一位戴子秋先生，也早过世了，我的国文是跟他老人家学着做通了的。那是辛亥革命之后在他家夜塾里的时候。中学毕业，我是十八岁，那年就考进了北京大学预科，从此就不常在扬州了。

就在十八岁那年冬天，父亲母亲给我在扬州完了婚。内人武钟谦女士是杭州籍，其实也是在扬州长成的。她从不曾去过杭州；后来同我去是第一次。她后来因为肺病死在扬州，我曾为她写过一篇《给亡妇》。我和她结婚的时候，祖父已死了好几年了。结婚后一年祖母也死了。他们两老都葬在扬州，我家于是有祖茔在扬州了。后来亡妇也葬在这祖茔里。母亲在抗战前两年过去，父亲在胜利前四个月过去，遗憾的是我都不在扬州；他们也葬在那祖茔里。这中间叫我痛心的是死了第二个女儿！她性情好，爱读书，做事负责任，待朋友最好。已经成人了，不知什么病，一天半就完了！她也葬在祖茔里。我有九个孩子。除第二个女儿外，还有一个男孩不到一岁就死在扬州；其余亡妻生的四个孩子都曾在扬州老家住过多少年。这个老家直到今年夏初才解散了，但是还留着一位老年的庶母在那里。

我家跟扬州的关系，大概够得上古人说的“生于斯，死于斯，歌哭于斯”了。现在亡妻生的四个孩子都已自称为扬州人了；我比起他们更算是在扬州长成的。天然更该算是扬州人了。但是从前一直马马虎虎的骑在墙上，并且自称浙江人的时候还多些，又为了什么呢？这一半因为报的是浙江籍，求其一致；一半也还有些别的道理。这些道理第一桩就是籍贯是无所谓的。那时要做一个世界人，连国籍都觉得狭小，不用说省籍和县籍了。那时在大学里觉得同乡会最没有意思。我同住的和我来往的自然差不多都是扬州人，自己却因为浙江籍，不去参加江苏或扬州同乡会。可是虽然是浙江绍兴籍，却又没跟一个道地浙江人来往，因此也就没人拉我去开浙江同乡会，更不用说绍兴同乡会了。这也许是两栖或骑墙的好处吧？然而出了学校以后到底常常会到道地绍兴人了。我既然不会说绍兴话，并且除了花雕和兰亭外几乎不知道绍兴的别的情形，于是乎往往只好自己承认是假绍兴人。那虽然一半是玩笑，可也有点儿窘的。

还有一桩道理就是我有些讨厌扬州人；我讨厌扬州人的小气和虚气。小是眼光如豆，虚是虚张声势，小气无须举例。虚气例如已故的扬州某中央委员，坐包车在街上走，除拉车的外，又跟上四个人在车子边推着跑着。我曾经写过一篇短文，指出扬州人这些毛病。后来要将这篇文收入散文集《你我》里，商务印书馆不肯，怕再闹出“闲话扬州”的案子。这当然也因为他们总以为我是浙江人，而浙江人骂扬州人是会得罪扬州人的。但是我也并不抹煞扬州的好处，曾经写过一篇《扬州的夏日》，还有在《看花》里也提起扬州福缘庵的桃花。再说现在年纪大些了，觉得小气和虚气都可以算是地方气，绝不止是扬州人如此。从前自己常答应人说自己是绍兴人，一半又因为绍兴人有些憨气，而扬州人似乎太聪明。其实扬州人也未尝没憨气，我的朋友任中敏（二北）先生，办了这么多年汉民中学，不管人家理会不理会，难道还不够“憨”的！绍兴人固然有憨气，但是也许还有别的气我讨厌的，不过我不深知罢了。这也许是阿Q的想法罢？然而我对于扬州的确渐渐亲热起来了。

扬州真像有些人说的，不折不扣是个有名的地方。不用远说，李斗《扬州画舫录》里的扬州就够羡慕的。可是现在衰落了，经济上是一日千丈的衰落了，只看那些没精打彩的盐商家就知道。扬州人在上海被称为江北老，这名字总而言之表示低等的人。江北老在上海是受欺负的，他们于是学些不三不四的上海话来冒充上海人。到了这地步他们可竟会忘其所以的欺负起那些新来的江北老了。这就养成了扬州人的自卑心理。抗战以来许多扬州人来到西南，大半都自称为上海人，就靠着那一点不三不四的上海话；甚至连这一点都没有，也还自称为上海人。其实扬州人在本地也有他们的骄傲。他们称徐州以北的人为侉子，那些人说的是侉话。他们笑镇江人说话土气，南京人说话大舌头，尽管这两个地方都在江南。英语他们称为蛮话，说这种话的当然是蛮子了。然而这些话只好关着门在家里说，到上海一看，立刻就会矮上半截，缩起舌头不敢啧一声了。扬州真是衰落得可以啊！

我也是一个江北老，一大堆扬州口音就是招牌，但是我却不愿做上海人；上海人太狡猾了。况且上海对我太生疏，生疏的程度跟绍兴对我也差不多；因为我知道上海虽然也许比知道绍兴多些，但是绍兴究竟是我的祖籍，上海是和我水米无干的。然而年纪大起来了，世界人到底做不成，我要一个故乡。俞平伯先生有一行诗，说“把故乡掉了”。其实他掉了故乡又找到了一个故乡；他诗文里提到苏州那一股亲热，是可羡慕的，苏州就算是他的故乡了。他在苏州度过他的童年，所以提起来一点一滴都亲亲热热的，童年的记忆最单纯最真切，影响最深最久；种种悲欢离合，回想起来最有意思。“青灯有味是儿时”，其实不止青灯，儿时的一切都是有味的。这样看，在哪儿度过童年，就算那儿是故乡，大概差不多罢？这样看，就只有扬州可以算是我的故乡了。何况我的家又是“生于斯，死于斯，歌哭于斯”呢？所以扬州好也罢，歹也罢，我总该算是扬州人的。

买　书

买书也是我的嗜好，和抽烟一样。但这两件事我其实都不在行，尤其是买书。在北平这地方，像我那样买，像我买的那些书，说出来真寒尘死人；不过本文所要说的既非诀窍，也算不得经验，只是些小小的故事，想来也无妨的。

在家乡中学时候，家里每月给零用一元。大部分都报效了一家广益书局，取回些杂志及新书。那老板姓张，有点儿抽肩膀，老是捧着水烟袋；可是人好，我们不觉得他有市侩气。他肯给我们这班孩子记账。每到节下，我总欠他一元多钱。他催得并不怎么紧；向家里商量商量，先还个一元也就成了。那时候最爱读的一本《佛学易解》（贾丰臻著，中华书局印行）就是从张手里买的。那时候不买旧书，因为家里有。只有一回，不知那儿检来《文心雕龙》的名字，急着想看，便去旧书铺访求：有一家拿出一部广州套版的，要一元钱，买不起；后来另买到一部，书品也还好，纸墨差些，却只花了小洋三角。这部书还在，两三年前给换上了磁青纸的皮儿，却显得配不上。

到北平来上学入了哲学系，还是喜欢找佛学书看。那时候佛经流通处在西城卧佛寺街鹫峰寺。在街口下了车，一直走，快到城根儿了，才看见那个寺。那是个阴沉沉的秋天下午，街上只有我一个人。到寺里买了《因明入正理论疏》《百法明门论疏》《翻译名义集》等。这股傻劲儿回味起来颇有意思；正像那回从天坛出来，挨着城根，独自个儿，探险似地穿过许多没人走的碱地去访陶然亭一样。在毕业的那年，到琉璃厂华洋书庄去，看见新版韦伯斯特大字典，定价才十四元。可是十四元并不容易找。想来想去，只好硬了心肠将结婚时候父亲给做的一件紫毛（猫皮）水獭领大氅亲手拿着，走到后门一家当铺里去，说当十四元钱。柜上人似乎没有什么留难就答应了。这件大氅是布面子，土式样，领子小而毛杂——原是用了两副“马蹄袖”拼凑起来的。父亲给做这件衣服，可很费了点张罗。拿去当的时候，也踌躇了一下，却终于舍不得那本字典。想着将来准赎出来就是了。想不到竟不能赎出来，这是直到现在翻那本字典时常引为遗憾的。

重来北平之后，有一年忽然想搜集一些杜诗。一家小书铺叫文雅堂的给找了不少，都不算贵；那伙计是个麻子，一脸笑，是铺子里少掌柜的。铺子靠他父亲支持，并没有什么好书；去年他父亲死了，他本人不大内行，让伙计吃了，现在长远不来了，他不知怎么样。说起杜诗，有一回，一家书铺送来高丽本《杜律分韵》，两本书，索价三百元。书极不相干而索价如此之高，荒谬之至，况且书面上原购者明明写着“以银二两得之”。第二天另一家送来一样的书，只要二元钱，我立刻买下。北平的书价，离奇有如此者。

旧历正月里厂甸的书摊值得看；有些人天天巡礼去。我住的远，每年只去一个下午——上午摊儿少。土地祠内外人山人海摩肩接踵地来往。也买过些零碎东西；其中有一本是《伦敦竹枝词》，花了三毛钱。买来以后，恰好《论语》要稿子，选抄了些寄去，加上一点说明，居然得着五元稿费。这是仅有的一次，买的书赚了钱。

在伦敦的时候，从寓所出来，走过近旁小街。有一家小书店门口摆着一架旧书。上前去徘徊了一下，看见一本《牛津书话选》（The Book Lovers' Anthology），烫花布面，装订不马虎，四百多面，本子也不小，准有七八成新，才一先令六便士，那时合中国一元三毛钱，比东安市场旧洋书还贱些。这选本节录许多名家诗文，说到书的各方面的；性质有点像叶德辉氏《书林清话》，但不像《清话》有系统；他们旨趣原是两样的。因为买这本书，结识了那掌柜的；他以后给我找了不少便宜的旧书。有一种书，他找不到旧的，便和我说，他们批购新书按七五扣，他愿意少赚一扣，按九扣卖给我。我没有要他这么办，但是很感谢他的好意。

白马湖

今天是个下雨的日子。这使我想起了白马湖；因为我第一回到白马湖，正是微风飘萧的春日。

白马湖在甬绍铁道的驿亭站，是个极小极小的乡下地方。在北方说起这个名字，管保一百个人一百个人不知道。但那却是一个不坏的地方。这名字先就是一个不坏的名字。据说从前(宋时？)有个姓周的骑白马入湖仙去，所以有这个名字。这个故事也是一个不坏的故事。假使你乐意搜集，或也可编成一本小书，交北新书局印去。

白马湖并非圆圆的或方方的一个湖，如你所想到的，这是曲曲折折大大小小许多湖的总名。湖水清极了，如你所能想到的，一点儿不含糊像镜子。沿铁路的水，再没有比这里清的，这是公论。遇到旱年的夏季，别处湖里都长了草，这里却还是一清如故。白马湖最大的，也是最好的一个，便是我们住过的屋的门前那一个。那个湖不算小，但湖口让两面的山包抄住了。外面只见微微的碧波而已，想不到有那么大的一片。湖的尽里头，有一个三四十户人家的村落，叫做西徐岙，因为姓徐的多。这村落与外面本是不相通的，村里人要出来得撑船。后来春晖中学在湖边造了房子，这才造了两座玲珑的小木桥，筑起一道煤屑路，直通到驿亭车站。那是窄窄的一条人行路，蜿蜒曲折的，路上虽常不见人，走起来却不见寂寞——。尤其在微雨的春天，一个初到的来客，他左顾右盼，是只有觉得热闹的。

春晖中学在湖的最胜处，我们住过的屋也相去不远，是半西式。湖光山色从门里从墙头进来，到我们窗前、桌上。我们几家接连着；丏翁的家最讲究。屋里有名人字画，有古瓷，有铜佛，院子里满种着花。屋子里的陈设又常常变换，给人新鲜的受用。他有这样好的屋子，又是好客如命，我们便不时地上他家里喝老酒。丏翁夫人的烹调也极好，每回总是满满的盘碗拿出来，空空的收回去。白马湖最好的时候是黄昏。湖上的山笼着一层青色的薄雾，在水面映着参差的模糊的影子。水光微微地暗淡，像是一面古铜镜。轻风吹来，有一两缕波纹，但随即平静了。天上偶见几只归鸟，我们看着它们越飞越远，直到不见为止。这个时候便是我们喝酒的时候。我们说话很少；上了灯话才多些，但大家都已微有醉意。是该回家的时候了。若有月光也许还得徘徊一会；若是黑夜，便在暗里摸索醉着回去。

白马湖的春日自然最好。山是青得要滴下来，水是满满的、软软的。小马路的两边，一株间一株地种着小桃与杨柳。小桃上各缀着几朵重瓣的红花，像夜空的疏星。杨柳在暖风里不住地摇曳。在这路上走着，时而听见锐而长的火车的笛声是别有风味的。在春天，不论是晴是雨，是月夜是黑夜，白马湖都好。——雨中田里菜花的颜色最早鲜艳；黑夜虽什么不见，但可静静地受用春天的力量。夏夜也有好处，有月时可以在湖里划小船，四面满是青霭。船上望别的村庄，像是蜃楼海市，浮在水上，迷离惝恍的；有时听见人声或犬吠，大有世外之感。若没有月呢，便在田野里看萤火。那萤火不是一星半点的，如你们在城中所见；那是成千成百的萤火。一片儿飞出来，像金线网似的，又像要着许多火绳似的。只有一层使我愤恨。那里水田多，蚊子太多，而且几乎全闪闪烁烁是疟蚊子。我们一家都染了疟病，至今三四年了，还有未断根的。蚊子多足以减少露坐夜谈或划船夜游的兴致，这未免是美中不足了。

离开白马湖是三年前的一个冬日。前一晚“别筵”上，有丏翁与云君，我不能忘记丏翁，那是一个真挚豪爽的朋友。但我也不能忘记云君，我应该这样说，那是一个可爱的——孩子。

莱茵河

莱茵河（The Rhine）发源于瑞士阿尔卑斯山中，穿过德国东部，流入北海，长约二千五百里。分上中下三部分。从马恩斯（Mayence，Mains）到哥龙（Cologne）算是“中莱茵”；游莱茵河的都走这一段儿。天然风景并不异乎寻常地好；古迹可异乎寻常地多。尤其是马恩斯与考勃伦兹（Koblenz）之间，两岸山上布满了旧时的堡垒，高高下下的，错错落落的，斑斑驳驳的：有些已经残破，有些还完好无恙。这中间住过英雄，住过盗贼，或据险自豪，或纵横驰骤，也曾热闹过一番。现在却无精打采，任凭日晒风吹，一声儿不响。坐在轮船上两边看，那些古色古香各种各样的堡垒历历的从眼前过去；仿佛自己已经跳出了这个时代而在那些堡垒里过着无拘无束的日子。游这一段儿，火车却不如轮船：朝日不如残阳，晴天不如阴天，阴天不如月夜——月夜，再加上几点儿萤火，一闪一闪的在寻觅荒草里的幽灵似的。最好还得爬上山去，在堡垒内外徘徊徘徊。

这一带不但史迹多。传说也多。最凄艳的自然是脍炙人口的声闻岩头的仙女了。声闻岩在河东岸，高四百三十英尺，一大片暗淡的悬岩，嶙嶙峋峋的；河到岩南，向东拐个小弯，这里有顶大的回声，岩因此得名。相传往日岩头有个仙女美极，终日歌唱不绝。一个船夫傍晚行船，走过岩下。听见她的歌声，仰头一看，不觉忘其所以，连船带人都撞碎在岩上。后来又死了一位伯爵的儿子。这可闯下大祸来了。伯爵派兵遣将，给儿子报仇。他们打算捉住她，锁起来，从岩顶直摔下河里去。但是她不愿死在他们手里，她呼唤莱茵母亲来接她；河里果然白浪翻腾，她便跳到浪里。从此声闻岩下听不见歌声，看不见倩影，只剩晚霞在岩头明灭[①]。德国大诗人海涅有诗咏此事；此事传播之广，这篇诗也有关系的。友人淦克超先生曾译第一章云：

传闻旧低徊，我心何悒悒。
两峰隐夕阳，莱茵流不息。
峰际一美人，灿然金发明，
清歌时一曲，余音响入云。
凝听复凝望，舟子忘所向，
怪石耿中流，人与舟俱丧。

这座岩现在是已穿了隧道通火车了。

哥龙在莱茵河西岸，是莱茵区最大的城，在全德国数第三。

---

① 据朱绍华先生《莱茵纪游》，看《行云流水》。

从甲板上看教堂的钟楼与尖塔这儿那儿都是的。虽然多么繁华一座商业城，却不大有俗尘扑到脸上。英国诗人柯勒列治说：

人知莱茵河，洗净哥龙市；

水仙你告我，今有何神力，

洗净莱茵水？

那些楼与塔镇压着尘土，不让飞扬起来，与莱茵河的洗刷是异曲同工的。哥龙的大教堂是哥龙的荣耀；单凭这个，哥龙便不死了。这是戈昔式，是世界上最宏大的戈昔式教堂之一。建筑在一二四八年，到一八八零年才全部落成。欧洲教堂往往如此，大约总是钱不够之故。教堂门墙伟丽，尖拱和直棱，特意繁密，又雕了些小花，小动物，和《圣经》人物，零星点缀着；近前细看，其精工真令人惊叹。门墙上两尖塔，高五百十五英尺，直入云霄。戈昔式要的是高而灵巧，让灵魂容易上通于天。这也是月光里看好。淡蓝的天干干净净的，只有两条尖尖的影子映在上面；像是人天仅有的通路，又像是人类祈祷的一双胳膊。森严肃穆，不说一字，抵得千言万语。教堂里非常宽大，顶高一百六十英尺。大石柱一行行的，高的一百四十八英尺，低的也六十英尺，都可合抱；在里面走，就像在大森林里，和世界隔绝。尖塔可以上去，玲珑剔透，有凌云之势。塔下通回廊。廊中向下看教堂里，觉得别人小得可怜，自己高得可怪，真是颠倒梦想。

潭柘寺　戒坛寺

早就知道潭柘寺，戒坛寺。在商务印书馆的《北平指南》上，见过潭柘的铜图，小小的一块，模模糊糊的，看了一点没有想去的意思。后来不断地听人说起这两座庙；有时候说路上不平静，有时候说路上红叶好。说红叶好的劝我秋天去；但也有人劝我夏天去。有一回骑驴上八大处，赶驴的问逛过潭柘没有，我说没有。他说潭柘风景好，那儿满是老道，他去过，离八大处七八十里地，坐轿骑驴都成。我不大喜欢老道的装束，尤其是那满蓄着的长头发，看上去啰里啰唆，龌里龌龊的。更不想骑驴走七八十里地，因为我知道驴子与我都受不了。真打动我的倒是“潭柘寺”这个名字。不懂不是？就是不懂的妙。躲懒的人念成“潭拓寺”，那更莫名其妙了。这怕是中国文法的花样；要是来个欧化，说是“潭和柘的寺”，那就用不着咬嚼或吟味了。还有在一部诗话里看见近人咏戒台松的七古，诗腾挪夭矫，想来松也如此。所以去。但是在夏秋之前的春天，而且是早春；北平的早春是没有花的。

这才认真打听去过的人。有的说住潭柘好，有的说住戒坛好。有的人说路太难走，走到了筋疲力尽，再没兴致玩儿；有人说走路有意思。又有人说，去时坐了轿子，半路上前后两个轿夫吵起来，把轿子搁下，直说不抬了。于是心中暗自决定，不坐轿，也不走路；取中道，骑驴子。又按普通说法，总是潭柘寺在前，戒坛寺在后，想着戒坛寺一定远些；于是决定住潭柘，因为一天回不来，必得住。门头沟下车时，想着人多，怕雇不着许多驴，但是并不然——雇驴的时候，才知道戒坛去便宜一半，那就是说近一半。这时候自己忽然逞起能来，要走路。走吧。

这一段路可够瞧的。像是河床，怎么也挑不出没有石子的地方，脚底下老是绊来绊去的，教人心烦。又没有树木，甚至于没有一根草。这一带原是煤窑，拉煤的大车往来不绝，尘土里饱和着煤屑，变成黯淡的深灰色，教人看了透不出气来。走一点钟光景。自己觉得已经有点办不了，怕没有走到便筋疲力尽；幸而山上下来一头驴，如获至宝似地雇下，骑上去。这一天东风特别大。平常骑驴就不稳，风一大真是祸不单行。山上东西都有路，很窄，下面是斜坡；本来从西边走，驴夫看风势太猛，将驴拉上东路。就这么着，有一回还几乎让风将驴吹倒；若走西边，没有准儿会驴我同归哪。想起从前人画风雪骑驴图，极是雅事；大概那不是上潭柘寺去的。驴背上照例该有些诗意，但是我，下有驴子，上有帽子眼镜，都要照管；又有迎风下泪的毛病，常要掏手巾擦干。

当其时真恨不得生出第三只手来才好。

东边山峰渐起，风是过不来了；可是驴也骑不得了，说是坎儿多。坎儿可真多。这时候精神倒好起来了：崎岖的路正可以练腰脚，处处要眼到心到脚到，不像平地上。人多更有点竞赛的心理，总想走上最前头去，再则这儿的山势虽然说不上险，可是突兀，丑怪，巉刻的地方有的是。我们说这才有点儿山的意思；老像八大处那样，真教人气闷闷的。于是一直走到潭柘寺后门；这段坎儿路比风里走过的长一半，小驴毫无用处，驴夫说："咳，这不过给您做个伴儿！"

墙外先看见竹子，且不想进去。又密，又粗，虽然不够绿。北平看竹子，真不易。又想到八大处了，大悲庵殿前那一溜儿，薄得可怜，细得也可怜，比起这儿，真是小巫见大巫了。进去过一道角门，门旁突然亭亭地矗立着两竿粗竹子，在墙上紧紧地挨着；要用批文章的成语，这两竿竹子足称得起"天外飞来之笔"。

正殿屋角上两座琉璃瓦的鸱吻，在台阶下看，值得徘徊一下。神话说殿基本是青龙潭，一夕风雨，顿成平地，涌出两鸱吻。只可惜现在的两座太新鲜，与神话的朦胧幽秘的境界不相称。但是还值得看，为的是大得好，在太阳里嫩黄得好，闪亮得好；那拴着的四条黄铜链子也映衬得好。寺里殿很多，层层折折高上去，走起来已经不平凡，每殿大小又不一样，塑像摆设也各出心裁。看完了，还觉得无穷无尽似的。正殿下延清阁是待客的地方，远处群山像屏障似的。屋子结构甚巧，穿来穿去，不知有多少间，好像一所大宅子。可惜尘封不扫，我们住不着。话说回来，这种屋子原也不是预备给我们这么多人挤着住的。寺门前一道深沟，上有石桥；那时没有水，或是现在去，倚在桥上听潺潺的水声，倒也可以忘我忘世。过桥四株马尾松，枝枝覆盖，叶叶交通，另成一个境界。西边小山上有个古观音洞。洞无可看，但上去时在山坡上看潭柘的侧面，宛如仇十洲的《仙山楼阁图》；往下看是陡峭的沟岸，越显得深深无极，潭柘简直有海上蓬莱的意味了。寺以泉水著名，到处有石槽引水长流，倒也涓涓可爱。只是流觞亭雅得那样俗，在石地上楞刻着蚯蚓般的槽；那样流觞，怕只有孩子们愿意干。现在兰亭的"流觞曲水"也和这儿的一鼻孔出气，不过规模大些。晚上因为带的铺盖薄，冻得睁着眼，却听了一夜的泉声；心里想要不冻着，这泉声够多清雅啊！寺里并无一个老道，但那几个和尚，满身铜臭，满眼势利，教人老不能忘记，倒也麻烦的。

第二天清早，二十多人满雇了牲口，向戒坛而去，颇有浩浩荡荡之势。我的是一匹骡子，据说稳得多。这是第一回，高高兴兴骑上去。这一路要翻罗喉岭。只是土山，可是道儿窄，又曲折；虽不高，老那么凸凸凹凹的。许多处只容得一匹牲口过去。平心说，是险点儿。想起古来用兵，从间道袭敌人，许也是这种光景吧。

戒坛在半山上，山门是向东的。一进去就觉得平旷；南面只有一道低低的砖栏，下边是一片平原，平原尽处才是山，与众山屏蔽的潭柘气象便不同。进二门，更觉得空阔疏朗，仰看正殿前的平台，仿佛汪洋千顷。这平台东西很长，是戒坛最胜处，眼界最宽，教人想起“振衣千仞冈”的诗句。三株名松都在这里。“卧龙松”与“抱塔松”同是偃仆的姿势，身躯奇伟，鳞甲苍然，有飞动之意。“九龙松”老干槎枒，如张牙舞爪一般。若在月光底下，森森然的松影当更有可看。此地最宜低徊流连，不是匆匆一览所可领略。潭柘以层折胜，戒坛以开朗胜；但潭柘似乎更幽静些。戒坛的和尚，春风满面，却远胜于潭柘的；我们之中颇有悔不该在潭柘的。戒坛后山上也有个观音洞。洞宽大而深，大家点了火把嚷嚷闹闹地下去；半里光景的洞满是油烟，满是声音。洞里有石虎，石龟，上天梯，海眼等等，无非是凑凑人的热闹而已。

还是骑骡子。回到长辛店的时候，两条腿几乎不是我的了。

海行杂记

这回从北京南归，在天津搭了通州轮船，便是去年曾被盗劫的。盗劫的事，似乎已很渺茫；所怕者船上的肮脏，实在令人不堪耳。这是英国公司的船；这样的肮脏似乎尽够玷污了英国国旗的颜色。但英国人说：这有什么呢？船原是给中国人乘的，肮脏是中国人的自由，英国人管得着！英国人要乘船，会去坐在大菜间里，那边看看是什么样子？那边，官舱以下的中国客人是不许上去的，所以就好了。是的，这不怪同船的几个朋友要骂这只船是“帝国主义”的船了。“帝国主义的船”！我们到底受了些什么“压迫”呢？有的，有的！

我现在且说茶房吧。

我若有常常恨着的人，那一定是宁波的茶房了。他们的地盘，一是轮船，二是旅馆。他们的团结，是宗法社会而兼梁山泊式的；所以未可轻侮，正和别的“宁波帮”一样。他们的职务本是照料旅客；但事实正好相反，旅客从他们得着的只是侮辱，恫吓，与欺骗罢了。中国原有“行路难”之叹，那是因交通不便的缘故；但在现在便利的交通之下，即老于行旅的人，也还时时发出这种叹声，这又为什么呢？茶房与码头工人之艰于应付，我想比仅仅的交通不便，有时更显其“难”吧！所以从前的“行路难”是唯物的；现在的却是唯心的。这固然与社会的一般秩序及道德观念有多少关系，不能全由当事人负责任；但当事人的“性格恶”实也占着一个重要的地位的。

我是乘船既多，受侮不少，所以姑说轮船里的茶房。你去定舱位的时候，若遇着乘客不多，茶房也许会冷脸相迎；若乘客拥挤，你可就倒楣了。他们或者别转脸，不来理你；或者用一两句比刀子还尖的话，打发你走路——譬如说：“等下趟吧。”他说得如此轻松，凭你急死了也不管。大约行旅的人总有些异常，脸上总有一付着急的神气。他们是以逸待劳的，乐得和你开开顽笑，所以一切反应总是懒懒的，冷冷的；你愈急，他们便愈乐了。他们于你也并无仇恨，只想玩弄玩弄，寻寻开心罢了，正和太太们玩弄叭儿狗一样。所以你记着：上船定舱位的时候，千万别先高声呼唤茶房。你不是急于要找他们说话么？但是他们先得训你一顿，虽然只是低低的自言自语：“啥事体啦？哇啦哇啦的！”接着才响声说，“噢，来哉，啥事体啦？”你还得记着：你的话说得愈慢愈好，愈低愈好；不要太客气，也不要太不客气。这样你便是门槛里的人，便是内行；他们固然不见得欢迎你，但也不会玩弄你了。——只冷脸和你简单说话，要知道这已算承蒙青眼，应该受宠若惊的了。

定好了舱位，你下船是愈迟愈好；自然，不能过了开船的时候。最好开船前两小时或一小时到船上，那便显得你是一个有“涵养工夫”的，非急莘莘的“阿木林”[1]可比了。而且茶房也得上岸去办他自己的事，去早了倒绊住了他；他虽然可托同伴代为招呼，但总之麻烦了。为了客人而麻烦，在他们是不值得，在客人是不必要；所以客人便只好受“阿木林”的待遇了。有时船于明早十时开行，你今晚十点上去，以为晚上总该合式了；但也不然。晚上他们要打牌，你去了足以扰乱他们的清兴；他们必也恨恨不平的。这其间有一种“分”，一种默喻的“规矩”，有一种“门槛经”，你得先做若干次“阿木林”，才能应付得“恰到好处”呢。

开船以后，你以为茶房闲了，不妨多呼唤几回。你若真这样做时，又该受教训了。茶房日里要谈天，料理私货；晚上要抽大烟，打牌，那有闲工夫来伺候你！他们早上给你舀一盆脸水，日里给你开饭，饭后给你拧手巾；还有上船时给你摊开铺盖，下船时给你打起铺盖：好了，这已经多了，这已经够了。此外若有特别的事要他们做时，那只算是额外效劳。你得自己走出舱门，慢慢地叫着茶房，慢慢地和他说，他也会照你所说的做，而不加损害于你。最好是预先打听了两个茶房的名字，到这时

① 阿木林：方言，傻瓜的意思。

候悠然叫着，那是更其有效的。但要叫得大方，仿佛很熟悉的样子，不可有一点讷讷。叫名字所以更其有效者，被叫者觉得你有意和他亲近（结果酒资不会少给），而别的茶房或竟以为你与这被叫者本是熟悉的，因而有了相当的敬意；所以你第二次第三次叫时，别人往往会帮着你叫的。但你也只能偶尔叫他们；若常常麻烦，他们将发见，你到底是“阿木林”而冒充内行，他们将立刻改变对你的态度了。至于有些人睡在铺上高声朗诵的叫着“茶房”的，那确似乎搭足了架子；在茶房眼中，其为“阿”字号无疑了。他们于是忿然的答应：“啥事体啦？哇啦啦！”但走来倒也会走来的。你若再多叫两声，他们又会说：“啥事体啦？茶房当山歌唱！”除非你真麻木，或真生了气，你大概总不愿再叫他们了吧。

“子入太庙，每事问，”至今传为美谈。但你入轮船，最好每事不必问。茶房之怕麻烦，之懒惰，是他们的特征；你问他们，他们或说不晓得，或故意和你开开玩笑，好在他们对客人们，除行李外，一切是不负责任的。大概客人们最普遍的问题，“明天可以到吧？”“下午可以到吧？”一类。他们或随便答复，或说，“慢慢来好罗，总会到的。”或简单的说，“早呢！”总是不得要领的居多。他们的话常常变化，使你不能确信；不确信自然不问了。他们所要的正是耳根清净呀。

茶房在轮船里，总是盘踞在所谓“大菜间”的吃饭间里。他们常常围着桌子闲谈，客人也可插进一两个去。但客人若是坐满了，使他们无处可坐，他们便恨恨了；若在晚上，他们老实不客气将电灯灭了，让你们暗中摸索去吧。所以这吃饭间里的桌子竟像他们专利的。当他们围桌而坐，有几个固然有话可谈；有几个却连话也没有，只默默坐着，或者在打牌。我似乎为他们觉着无聊，但他们也就这样过去了。他们的脸上充满了倦怠，嘲讽，麻木的气分，仿佛下工夫练就了似的。最可怕的就是这满脸：所谓“訑訑然拒人于千里之外”者，便是这种脸了。晚上映着电灯光，多少遮过了那灰滞的颜色；他们也开始有了些生气。他们搭了铺抽大烟，或者拖开桌子打牌。他们抽了大烟，渐有笑语；他们打牌，往往通宵达旦——牌声，争论声充满那小小的“大菜间”里。客人们，尤其是抱了病，可睡不着了；但于他们有甚么相干呢?活该你们洗耳恭听呀！他们也有不抽大烟，不打牌的，便搬出香烟画片来一张张细细赏玩：这却是“雅人深致”了。

我说过茶房的团结是宗法社会而兼梁山泊式的，但他们中间仍不免时有战氛。浓郁的战氛在船里是见不着的；船里所见，只是轻微淡远的罢了。“唯口出好兴戎”，茶房的口，似乎很值得注意。他们的口，一例是练得极其尖刻的；一面自然也是地方性使然。他们大约是“宁可输在腿上，不肯输在嘴上”。所以即使是同伴之间，往往因为一句有意的或无意的，不相干的话，动了真气，抡眉竖目的恨恨半天而不已。这时脸上全失了平时冷静的颜色，而换上热烈的狰狞了。但也终于只是口头“恨恨”而已，真个拔拳来打，举脚来踢的，倒也似乎没有。语云，“君子动口，小人动手；”茶房们虽有所争乎，殆仍不失为君子之道也。有人说，“这正是南方人之所以为南方人，”我想，这话也有理。茶房之于客人，虽也“不肯输在嘴上”，但全是玩弄的态度，动真气的似乎很少；而且你愈动真气，他倒愈可以玩弄你。这大约因为对于客人，是以他们的团体为靠山的；客人总是孤单的多，他们“倚众欺”起来，不怕你不就范的：所以用不着动真气。而且万一吃了客人的亏，那也必是许多同伴陪着他同吃的，不是一个人失了面子；又何必动真气呢？克实说来，客人要他们动真气，还不够资格哪！至于他们同伴间的争执，那才是切身的利害，而且单枪匹马做去，毫无可恃的现成的力量；所以便是小题，也不得不大做了。

茶房若有向客人微笑的时候，那必是收酒资的几分钟了。酒资的数目照理虽无一定，但却有不成文的谱。你按着谱斟酌给与，虽也不能得着一声“谢谢”，但言语的压迫是不会来的了。你若给得太少，离谱太远，他们会始而嘲你，继而骂你，你还得加钱给他们；其实既受了骂，大可以不加的了，但事实上大多数受骂的客人，慑于他们的威势，总是加给他们的。加了以后，还得听许多唠叨才罢。有一回，和我同船的一个学生，本该给一元钱的酒资的，他只给了小洋四角。茶房狠狠力争，终不得要领，于是说："你好带回去做车钱吧！"将钱向铺上一撂，忿然而去。那学生后来终于添了一些钱重交给他；他这才默然拿走，面孔仍是板板的，若有所不屑然。——付了酒资，便该打铺盖了；这时仍是要慢慢来的，一急还是要受教训，虽然你已给过酒资了。铺盖打好以后，茶房的压迫才算是完了，你再预备受码头工人和旅馆茶房的压迫吧。

我原是声明了叙述通州轮船中事的，但却做了一首"诅茶房文"；在这里，我似乎有些自己矛盾。不，"天下老鸦一般黑"，我们若很谨慎的将这句话只用在各轮船里的宁波茶房身上，我想是不会悖谬的。所以我虽就一般立说，通州轮船的茶房却已包括在内；特别指明与否，是无关重要的。

南行杂记

前些日子回南方去，曾在“天津丸”中写了一篇通信，登在本《草》上。后来北归时，又在“天津丸”上写了一篇，在天津东站亲手投入邮筒。但直到现在，一个月了，还不见寄到，怕是永不会寄到的了。我一点不敢怪邮局，在这个年头儿；我只怪自己太懒，反正要回到北平来，为什么不会亲手带给编辑人，却白费四分票，“送掉”一封虽不关紧要，到底是亲手一个字一个字写出的信呢？

我现在算是对那封信绝了望，于是乎怪到“通信”两个字，而来写这个“杂记”。那封信仿佛说了一些“天津丸”中的事，这里是该说青岛了。

我来去两次经过青岛。船停的时间虽不算少却也不算多，所以只看到青岛的一角；而我们上岸又都在白天，不曾看到青岛的夜——听说青岛夏夜的跳舞很可看，有些人是特地从上海赶来跳舞的。

青岛之所以好，在海和海上的山。青岛的好在夏天，在夏天的海滨生活；凡是在那一条大胳膊似的海滨上的，多少都有点意思。而在那手腕上，有一间“青岛咖啡”。这是一间长方的平屋，半点不稀奇；但和海水隔不几步，让你坐着有一种喜悦。这间屋好在并不像“屋”，说是大露台，也许还贴切些。三面都是半截板栏，便觉得是海阔天空的气象。一溜儿满挂着竹帘。这些帘子卷着固然显得不寂寞，可是放着更好，特别在白天，我想。隔着竹帘的海和山，有些朦胧的味儿，在夏天的太阳里，只有这样看，凉味最足。自然，黄昏和月下应该别有境界，可惜我们没福受用了。在这里坐着谈话，时时听见海波打在沙滩上的声音，我们有时便静坐着，抽着烟卷，瞪着那袅袅的烟儿。谢榭C君，他的眼力不坏，第一次是他介绍给我这个好地方。C君又说那里的侍者很好，不像北平那一套客气，也不像上海那一套不客气。但C君大概是熟主顾又是山东人吧，我们第二次去时，他说的那一套好处便满没表现了。

我自小就听人念“江无底，海无边”这两句谚语，后又读了些诗文中海的描写；我很羡慕海，想着见了海定要吃一惊，暗暗叫声“哎哟”的。那知并不！在南方北方乘过上十次的海轮，毫无发现海的伟大，只觉得单调无聊，即使在有浪的时候。但有一晚满满的月光照在船的一面的海上，海水黑白分明，我们在狭狭一片白光里，看着船旁浪花热闹着，那是不能忘记的。而那晚之好实在月！这两回到青岛，似乎有些喜欢海起来了。可是也喜欢抱着的山，抱着的那只大胳膊，也喜欢“青岛咖啡”，海究竟是有限的。海自己给我的好处，只有海水浴，那在我是第一次的。

去时过青岛，船才停五分钟。我问C君，“会泉（海浴处）怎样？”他说，“看‘光腚子’？穿了大褂去没有意思！”从“青岛咖啡”出来时，他掏出表来看，说：“光腚子给你保留着回来看罢。”但我真想洗个海水澡。一直到回来时才洗了。我和S君一齐下去，W君有点怕这个玩意，在饭店里坐着喝汽水。S君会游泳走得远些，我只在浅处练几下。海水最宜于初学游泳的，容易浮起多了。更有一桩大大的妙处，便是浪。浪是力量，我站着踉跄了好几回；有一回正浮起，它给我个不知道，冲过来了，我竟吃了惊，茫然失措了片刻，才站起来。这固然可笑，但是事后真得劲儿！好些外国小孩子在浪来时，被滚滚的白花埋下去，一会儿又笑着昂起头向前快快游着；他们倒像和浪是好朋友似的。我们在水里待了约莫半点钟，我和S君说，“上去吧，W怕要睡着了。”我们在沙滩上躺着。C君曾告诉我，浴后仰卧在沙滩上，看着青天白云，会什么都不愿想。沙软而细，躺着确是不错，可恨我们去的时候不好，太阳正在头上，不能看青天白云，只试了一试就算了。

除了海，青岛的好处是曲折的长林。德国人真“有根”，长林是长林，专为游览，不许造房子。我和C君乘着汽车左弯右转地绕了三四十分钟，车夫说还只在“第一公园”里。C君说，“长着哪！”但是我们终于匆匆出来了。这些林子延绵得好，幽曲得好，低得好，密得好；更好是马路随山而下，俯仰不时，与我们常走的“平如砥，直如矢”的迥乎不同。青岛的马路大都如此；这与“向‘右’边走”的马路规则，是我初到青岛时第一个新鲜的印象。

C君说福山路的住屋，建筑安排得最美，但我两次都未得走过。至于崂山，胜景更多，也未得去；只由他指给我看崂山的尖形的峰。现在想来，颇有“山在虚无缥缈间”之感了。

伦敦杂记

三家书店

伦敦卖旧书的铺子，集中在切林克拉斯路（Charing Cross Road）；那是热闹地方，顶容易找。路不宽，也不长，只这么弯弯的一段儿；两旁不短的是书，玻璃窗里齐整整排着的，门口摊儿上乱哄哄摆着的，都有。加上那徘徊在窗前的，围绕着摊儿的，看书的人，到处显得拥拥挤挤，看过去路便更窄了。摊儿上看最痛快，随你翻，用不着“劳驾”“多谢”；可是让风吹日晒的到底没什么好书，要看好的还得进铺子去。进去了有时也可随便看，随便翻，但用得着“劳驾”“多谢”的时候也有；不过爱买不买，决不至于遭白眼。说是旧书，新书可也有的是；只是来者多数为的旧书罢了。

最大的一家要算福也尔（Foyle），在路西；新旧大楼隔着一道小街相对着，共占七号门牌，都是四层，旧大楼还带地下室——可并不是地窨子。店里按着书的性质分二十五部；地下室里满是旧文学书。这爿店二十八年前本是一家小铺子，只用了一个店员；现在店员差不多到了二百人，藏书到了二百万种，伦敦的《晨报》称为“世界最大的新旧书店”。两边店门口也摆着书摊儿，可是比别家的大。我的一本《袖珍欧洲指南》，就在这儿从那穿了满染着书尘的工作衣的店员手里，用半价买到的。在摊儿上翻书的时候，往往看不见店员的影子；等到选好了书四面找他，他却从不知那一个角落里钻出来了。但最值得流连的还是那间地下室；那儿有好多排书架子，地上还东一堆西一堆的。乍进去，好像掉在书海里；慢慢地才找出道儿来。屋里不够亮，土又多，离窗户远些的地方，白日也得开灯。可是看得自在；他们是早七点到晚九点，你待个几点钟不在乎，一天去几趟也不在乎。只有一件，不可着急。你得像逛庙会逛小市那样，一半玩儿，一半当真，翻翻看看，看看翻翻；也许好几回碰不见一本合意的书，也许霎时间到手了不止一本。

开铺子少不了生意经，福也尔的却颇高雅。他们在旧大楼的四层上留出一间美术馆，不时地展览一些画。去看不花钱，还送展览目录；目录后面印着几行字，告诉你要买美术书可到馆旁艺术部去。展览的画也并不坏，有卖的，有不卖的。他们又常在馆里举行演讲会，讲的人和主席的人当中，不缺少知名的。听讲也不用花钱；只每季的演讲程序表下，“恭请你注意组织演讲会的福也尔书店”。还有所谓文学午餐会，记得也在馆里。他们请一两个小名人做主角，随便谁，纳了餐费便可加入；英国的午餐很简单，费不会多。假使有闲工夫，去领略领略那名隽的谈吐，倒也值得的，不过去的却并不怎样多。

牛津街是伦敦的东西通衢，繁华无比，街上呢绒店最多；但也有一家大书铺，叫做彭勃思（Bumpus）的便是。这铺子开设于一七九〇年左右，原在别处；一八五〇年在牛津街开了一个分店，十九世纪末便全挪到那边去了，维多利亚时代，店主多马斯彭勃思很通声气，来往的有狄更斯，兰姆，麦考莱，威治威斯等人；铺子就在这时候出了名。店后来连着旧法院，有看守所，守卫室等，十几年来都让店里给买下了。这点古迹增加了人对于书店的趣味。法院的会议圆厅现在专作书籍展览会之用；守卫室陈列插图的书。看守所变成新书的货栈。但当日的光景还可从一些画里看出：如十八世纪罗兰生（Rowlandson）所画守卫室内部，是晚上各守卫提了灯准备去查监的情形，瞧着很忙碌的样子。再有一个图，画的是一七二九的一个守卫，神气够凶的。看守所也有一幅画，砖砌的一重重大拱门，石板铺的地，看守室的厚木板门严严锁着，只留下一个小方窗，还用十字形的铁条界着；真是铜墙铁壁，插翅也飞不出去。

这家铺子是五层大楼，却没有福也尔家地方大。下层卖新书，三楼卖儿童书，外国书，四楼五楼卖廉价书：二楼卖绝版书，难得的本子，精装的新书，还有《圣经》，祈祷书，书影等等，似乎是菁华所在。他们有初印本，精印本，著者自印本，著者签字本等目录，搜罗甚博，福也尔家所不及。新书用小牛皮或摩洛哥皮（山羊皮——羊皮也可仿制）装订，烫上金色或别种颜色的立体派图案；稀疏的几条平直线或弧线，还有“点儿”，错综着配置，透出干净，利落，平静，显豁，看了心目清朗。装订的书，数这儿讲究，别家书店里少见。书影是仿中世纪的抄本的一叶，大抵是祷文之类。中世纪抄本用黑色花体字，文首第一字母和叶边空处，常用蓝色金色画上各样花饰，典丽矞皇，穷极工巧，而又经久不变；仿本自然说不上这些，只取其也有一点古色古香罢了。

一九三一年里，这铺子举行过两回展览会，一回是剑桥书籍展览，一回是近代插图书籍展览，都在那“会议厅”里。重要的自然是第一回。牛津剑桥是英国最著名的大学；各有印刷所，也都著名。这里从前展览过牛津书籍，现在再展览剑桥的，可谓无遗憾了。这一年是剑桥目下的辟特印刷所（The Pitt Press）奠基百年纪念，展览会便为的庆祝这个。展览会由鼎鼎大名的斯密兹将军（General Smuts）开幕，到者有科学家詹姆士金斯（James Jeans），亚特爱丁顿（Arthur Eddington），还有别的人。展览分两部，现在出版的书约莫四千册是一类；另一类是历史部分。剑桥的书字型清晰，墨色匀称，行款合式，书扉和书衣上最见工夫；尤其擅长的是算学书，专门的科学书。这两种书需要极精密的技巧，极仔细的校对；剑桥是第一把手。但是这些东西，还有他们印的那些冷僻的外国语书，都卖得少，赚不了钱。除了是大学印刷所，别家大概很少愿意承印。剑桥又承印《圣经》；英国准印《圣经》的只剑桥牛津和王家印刷人。斯密兹说剑桥就靠《圣经》和教科书赚钱。可是《泰晤士报》社论中说现在印《圣经》的责任重大，认真地考究地印，也只能够本罢了。——一五八八年英国最早的《圣经》便是由剑桥承印的。

英国印第一本书，出于伦敦威廉甲克司登（Willian Caxton）之手。那是一四七七年。到了一五二一，约翰席勃齐（John Siberch）来到剑桥，一年内印了八本书；剑桥印刷事业才创始。八年之后，大学方面因为有一家书纸店与异端的新教派勾结，怕他们利用书籍宣传，便呈请政府，求英王核准在剑桥只许有三家书铺，让他们宣誓不卖未经大学检查员审定的书。那时英王是亨利第八；一五三四年颁给他们勅书，授权他们选三家书纸店兼印刷人，或书铺，“印行大学校长或他的代理人等所审定的各种书籍”。这便是剑桥印书的法律根据。不过直到一五八三年，他们才真正印起书来。那时伦敦各家书纸店有印书的专利权，任意抬高价钱。他们妒忌剑桥印书，更恨的是卖得贱。恰好一六二〇年剑桥翻印了他们一本文法书，他们就在法庭告了一状。剑桥师生老早不乐意他们抬价钱，这一来更愤愤不平；大学副校长第二年乘英王詹姆士第一上新市场去，半路上就递上一件呈子，附了一个比较价目表。这样小题大做，真有些书呆子气。王和诸大臣商议了一下，批道，我们现在事情很多，没工夫讨论大学与诸家书纸店的权益；但准大学印刷人出售那些文法书，以救济他的支绌。这算是碰了个软钉子，可也算是胜利。那呈子，那批，和上文说的那本《圣经》都在这一回展览中。席勃齐印的八本书也有两种在这里。此外还有一六二九年初印的定本《圣经》，书扉雕刻繁细，手艺精工之极。又密尔顿[①]《力息达斯》（Lycidas）[②]的初本也在展览着，那是经他亲手校改过的。

近代插图书籍展览，在圣诞节前不久，大约是让做父母的给孩子们多买点节礼吧。但在一个外国人，却也值得看看。展览的是七十年来的作品，虽没有什么系统，在这里却可以找着各种美，各种趋势。插图与装饰画不一样，得吟味原书的文字，透出自己的机锋。心要灵，手要熟，二者不可缺一。或实写，或想象，因原书情境，画人性习而异。——童话的插图却只得凭空着笔，想象更自由些；在不自由的成人看来，也许别有一种滋味。看过赵译《阿丽思漫游奇境记》里谭尼尔（John Tenniel）的插画的，当会有同感吧。——所展览的，幽默，秀美，粗豪，典重，各擅胜

① 密尔顿：今译弥尔顿，英国诗人。

② 《力息达斯》（Lycidas）：今译《利西达斯》，为悼念亡友而著。

场，琳琅满目；有人称为“视觉的音乐”颇为近之。最有味的，同一作家，各家插画所表现的却大不相同。譬如莪默伽亚谟（Omar Khayyam），莎士比亚，几乎在一个人手里一个样子；展览会里书多，比较着看方便，可以扩充眼界。插图有“黑白”的，有彩色的；“黑白”的多，为的省事省钱。就黑白画而论，从前是雕版，后来是照相；照相虽然精细，可是失掉了那种生力，只要拿原稿对看就会觉出。这儿也展览原稿，或是灰笔画，或是水彩画；不但可以“对看”，也可以让那些艺术家更和我们接近些。《观察报》记者记这回展览会，说插图的书，字往往印得特别大，意在和谐；却实在不便看。他主张书与图分开，字还照寻常大小印。他自然指大本子而言。而那种“和谐”其实也可爱；若说不便，这种书原是让你慢慢玩赏的，那能像读报一样目下数行呢？再说，将配好了的对儿生生拆开，不但大小不称，怕还要多花钱。

诗籍铺（The Poetry Bookshop）真是米米小，在一个大地方的一道小街上。叫名街，实在一条小胡同吧。门前不大见车马，不说；就是行人，一天也只寥寥几个。那道街斜对着无人不知的大英博物院；街口钉着小小的一块字号木牌。初次去时，人家教在博物院左近找。问院门口守卫，他不知道有这个铺子，问路上戴着常礼帽的老者，他想没有这么一个铺子；好容易才找着那块小木牌，真是“远在天边，近在眼前”。这铺子从前在另一处，那才冷僻，连斐歹克的地图上都没名字，据说那儿是一所老宅子，才真够诗味，挪到现在这样平常的地带，未免太可惜。那时候美国游客常去，一个原因许是美国看不见那样老宅子。

诗人赫洛德孟罗（Harold Monro）在一九一二年创办了这爿诗籍铺。用意在让诗与社会发生点切实的关系。孟罗是二十多年来伦敦文学生涯里一个要紧角色。从一九一一给诗社办《诗刊》（Poetry Review）起知名。在第一期里，他说，“诗与人生的关系得再认真讨论，用于别种艺术的标准也该用于诗。”他觉得能做诗的该做诗，有困难时该帮助他，让他能做下去；一般人也该念诗，受用诗。为了前一件，他要自办杂志，为了后一件，他要办读诗会；为了这两件，他办了诗籍铺。这铺子印行过《乔治诗选》（Georgian Poetry），乔治是现在英王的名字，意思就是当代诗选，所收的都是代表作家。第一册出版，一时风靡，买诗念诗的都多了起来；社会确乎大受影响。诗选共五册；出第五册时在一九二二，那时乔治诗人的诗兴却渐渐衰了。一九一九到二五年铺子里又印行《市本》月刊（The Chapbook）登载诗歌，评论，木刻等，颇多新进作家。

读诗会也在铺子里，星期四晚上准六点钟起，在一间小楼上。一年中也有些时候定好了没有。从创始以来，差不多没有间断过。前前后后著名的诗人几乎都在这儿读过诗；他们自己的诗，或他们喜欢的诗。入场券六便士，在英国算贱，合四五毛钱。在伦敦的时候，也去过两回。那时孟罗病了，不大能问事，铺子里颇为黯淡。两回都是他夫人爱立达克莱曼答斯基（Alida Klementaski）读，说是找不着别人。那间小楼也容得下四五十位子，两回去，人都不少；第二回满了座，而且几乎都是女人——还有挨着墙站着听的。屋内只读诗的人小桌上一盏蓝罩子的桌灯亮着，幽幽的。她读济兹和别人的诗，读得很好，口齿既清楚，又有顿挫，内行说，能表出原诗的情味。英国诗有两种读法，将每个重音咬得清清楚楚，顿挫的地方用力，和说话的调子不相像，约翰德林瓦特（John Drinkwater）便主张这一种。他说，读诗若用说话的调子，太随便，诗会跑了。但是参用一点儿，像克莱曼答斯基女士那样，也似乎自然流利，别有味道。这怕要看什么样的诗，什么样的读诗人，不可一概而论。但英国读诗，除不吟而诵，与中国根本不同之外，还有一件：他们按着文气停顿，不按着行，也不一定按着韵脚。这因为他们的诗以轻重为节奏，文句组织又不同，往往一句跨两行三行，却非作一句读不可，韵脚便只得轻轻地滑过去。读诗是一种才能，但也需要训练；他们注重这个，训练的机会多，所以是诗人都能来一手。

铺子在楼下，只一间，可是和读诗那座楼远隔着一条甬道。屋子有点黑，四壁是书架，中间桌上放着些诗歌篇子（Sheets），木刻画。篇子有宽长两种，印着诗歌，加上些零星的彩画，是给大人和孩子玩儿的。犄角儿上一张账桌子，坐着一个戴近视眼镜的，和蔼可亲的，圆脸的中年妇人。桌前装着火炉，炉旁蹲着一只大白狮子猫，和女人一样胖。有时也遇见克莱曼答斯基女士，匆匆地来匆匆地去。孟罗死在一九三二年三月十五日。第二天晚上到铺子里去，看见两个年轻人在和那女人司账说话；说到诗，说到人生，都是哀悼孟罗的。话音很悲伤，却如清泉流泻，差不多句句像诗；女司账说不出什么，唯唯而已。孟罗在日最尽力于诗人文人的结合，他老让各色的才人聚在一块儿。又好客，家里炉旁（英国终年有用火炉的时候）常有许多人聚谈，到深夜才去。这两位青年的伤感不是偶然的。他的铺子可是赚不了钱；死后由他夫人接手，勉强张罗，现在许还开着。

文人宅

杜甫《最能行》云："若道士无英俊才，何得山有屈原宅？"《水经注》，秭归"县北一百六十里有屈原故宅，累石为屋基"。看来只是一堆烂石头，杜甫不过说得嘴响罢了。但代远年湮，渺茫也是当然。往近里说，《孽海花》上的"李纯客"就是李慈铭，书里记着他自撰的楹联，上句云，"保安寺街藏书一万卷"；但现在走过北平保安寺街的人，谁知道那一所屋子是他住过的？更不用提屋子里怎么个情形，他住着时怎么个情形了。要凭吊，要留连，只好在街上站一会儿出出神而已。

西方人崇拜英雄可真当回事儿，名人故宅往往保存得好。譬如莎士比亚吧，老宅子，新宅子，太太老太太宅子，都好好的；连家具什物都存着。莎士比亚也许特别些，就是别人，若有故宅可认的话，至少也在墙上用木牌标明，让访古者有低徊之处；无论宅里住着人或已经改了铺子。这回在伦敦所见的四文人宅，时代近，宅内情形比莎士比亚的还好；四所宅子大概都由私人捐款收买，布置起来，再交给公家的。

约翰生[①]博士（Samuel Johnsom，1709—1784）宅，在旧城，是三层楼房，在一个小方场的一角上，静静的。他一七四八年进宅，直住了十一年；他太太死在这里。他的助手就在三层楼上小屋里编成了他那部大字典。那部寓言小说（allegorical novel）《剌塞拉斯》（《Rasselas》）大概也在这屋子里写成；是晚上写的，只写了一礼拜，为的要付母亲下葬的费用。屋里各处，如门堂，复壁板，楼梯，碗橱，厨房等，无不古气盎然。那著名的大字典陈列在楼下客室里；是第三版，厚厚的两大册。他编著这部字典，意在保全英语的纯粹，并确定字义；因为当时作家采用法国字的实在太多了。字典中所定字义有些很幽默：如“女诗人，母诗人也”（she-poet，盖准 shegoat——母山羊——字例），又如“燕麦，谷之一种，英格兰以饲马，而苏格兰则以为民食也”，都够损的。——伦敦约翰生社便用这宅子作会所。

济兹（John Keats，1795—1821）宅，在市北汉姆司台德区

① 约翰生：即约翰逊，英国诗人、散文家、评论家。

（Hampstead）。他生卒虽然都不在这屋子里，可是在这儿住，在这儿恋爱，在这儿受人攻击，在这儿写下不朽的诗歌。那时汉姆司台德区还是乡下，以风景著名，不像现时人烟稠密。济兹和他的朋友布朗（Charles Armitage Brown）同住。屋后是个大花园，绿草繁花，静如隔世；中间一棵老梅树，一九二一年干死了，干子还在。据布朗的追记，济兹《夜莺歌》似乎就在这棵树下写成。布朗说，“一八一九年春天，有只夜莺做窠在这屋子近处。济兹常静听它歌唱以自怡悦；一天早晨吃完早饭，他端起一张椅子坐到草地上梅树下，直坐了两三点钟。进屋子的时候，见他拿着几张纸片儿，塞向书后面去。问他，才知道是歌咏我们的夜莺之作。”这里说的梅树，也许就是花园里那一棵。但是屋前还有草地，地上也是一棵三百岁老桑树，枝叶扶疏，至今结桑椹；有人想《夜莺歌》也许在这棵树下写的。济兹的好诗在这宅子里写的最多。

他们隔壁住过一家姓布龙（Brawne）的。有位小姐叫凡耐（Fanny），让济兹爱上了，他俩订了婚，他的朋友颇有人不以为然，为的女的配不上；可是女家也大不乐意，为的济兹身体弱，又像疯疯癫癫的。济兹自己写小姐道：“她个儿和我差不多——长长的脸蛋儿——多愁善感——头梳得好——鼻子不坏，就是有点小毛病——嘴有坏处有好处——脸侧面看好，正面看，又瘦又少血色，像没有骨头。身架苗条，姿态如之——胳膊好，手差点儿——脚还可以——她不止十七岁，可是天真烂漫——举动奇奇怪怪的，到处跳跳蹦蹦，给人编诨名，近来愣叫我‘自美自的女孩子’——我想这并非生性坏，不过爱闹一点漂亮劲儿罢了。”

一八二〇年二月，济兹从外面回来，吐了一口血。他母亲和三弟都死在痨病上，他也是个痨病底子；从此便一天坏似一天。这一年九月，他的朋友赛焚（Joseph Severn）伴他上罗马去养病；次年二月就死在那里，葬新教坟场，才二十六岁。现在这屋子里陈列着一圈头发，大约是赛焚在他死后从他头上剪下来的。又次年，赛焚向人谈起，说他保存着可怜的济兹一点头发，等个朋友捎回英国去；他说他有个怪想头，想照他的希腊琴的样子作根别针，就用济兹头发当弦子，送给可怜的布龙小姐，只恨找不到这样的手艺人。济兹头发的颜色在各人眼里不大一样：有的说赤褐色，有的说棕色，有的说暖棕色，他二弟两口子说是金红色，赛焚追画他的像，却又画作深厚的棕黄色。布龙小姐的头发，这儿也有一并存着。

他俩订婚戒指也在这儿，镶着一块红宝石。还有一册翻四折本《莎士比亚》，是济兹常用的。他对于莎士比亚，下过一番苦工夫；书中页边行里都画着道儿，也有些精湛的评语。空白处亲笔写着他见密尔顿发和独坐重读《黎琊王》剧作两首诗；书名页上记着“给布龙凡耐，一八二〇”，照年份看，准是上意大利去时送了作纪念的。珂罗版印的《夜莺歌》墨迹，有一份在这儿，另有哈代《汉姆司台德宅作》一诗手稿，是哈代夫人捐赠的，宅中出售影印本。济兹书法以秀丽胜，哈代的以苍老胜。

这屋子保存下来却并不易。一九二一年，业主想出售，由人翻盖招租。地段好，脱手一定快的；本区市长知道了，赶紧组织委员会募款一万镑。款还募得不多，投机的建筑公司已经争先向业主讲价钱。在这千钧一发的当儿，亏得市长和本区四委员迅速行动，用私人名义担保付款，才得挽回危局。后来共收到捐款四千六百五十镑（约合七八万元），多一半是美国人捐的；那时正当大战之后，为这件事在英国募款是不容易的。

加莱尔（Thomas Carlyle，1795—1881）宅，在泰晤士河旁乞而西区（Chelsea）；这一区至今是文人艺士荟萃之处。加莱尔是维多利亚时代初期的散文家，当时号为“乞而西圣人”。一八三四住到这宅子里，一直到死。书房在三层楼上，他最后一本书《弗来德力大帝传》就在这儿写的。这间房前面临街，后面是小园子；他让前后都砌上夹墙，为的怕那街上的嚣声，园中的鸡叫。他著书时坐的椅子还在；还有一件呢浴衣。据说他最爱穿浴衣，有不少件；苏格兰国家画院所藏他的画像，便穿着灰呢浴衣，坐在沙发上读书，自有一番宽舒的气象。画中读书用的架子还可看见。宅里存着他几封信，女司事愿意念给访问的人听，朗朗有味。二楼加莱尔夫人屋里放着架小屏，上面横的竖的斜的正的贴满了世界各处风景和人物的画片。

狄更斯（Charles Dickens，1812—1870）宅，在“西头”，

现在是热闹地方。狄更斯出身贫贱，熟悉下流社会情形；他小说里写这种情形，最是酣畅淋漓之至。这使他成为“本世纪最通俗的小说家，又，英国大幽默家之一”，如他的老友浮斯大（John Forster）给他作的传开端所说。他一八三六年动手写《比克维克秘记》（《Pickwick Papers》），在月刊上发表。起初是绅士比克维克等行猎故事，不甚为世所重；后来仆人山姆（Sam Weller）出现，诙谐嘲讽，百变不穷，那月刊顿时风行起来。狄更斯手头渐宽，这才迁入这宅子里，时在一八三七年。

他在这里写完了《比克维克秘记》，就是这一年印成单行本。他算是一举成名，从此直到他死时，三十四年间，总是蒸蒸日上。来这屋子不多日子，他借了一个饭店举行《秘记》发表周年纪念，又举行他夫妇结婚周年纪念。住了约莫两年，又写成《块肉余生述》《滑稽外史》等。这其间生了两个女儿，房子挤不下了；一八三九年终，他便搬到别处去了。

屋子里最热闹的是画，画着他小说中的人物，墙上大大小小，突梯滑稽，满是的。所以一屋子春气。他的人物虽只是类型，不免奇幻荒唐之处，可是有真味，有人味；因此这么让人欢喜赞叹。屋子下层一间厨房，所谓“丁来谷厨房”，道地老式英国厨房，是特地布置起来的——“丁来谷”是比克维克一行下乡时寄住的地方。厨房架子上摆着带釉陶器，也都画着狄更斯的人物。这宅里还存着他的手杖，头发；一朵玫瑰花，是从他尸身上取下来的；

一块小窗户，是他十一岁时住的楼顶小屋里的；一张书桌，他带到美洲去过，临死时给了二女儿，现时罩着紫色天鹅绒，蛮伶俐的。此外有他从这屋子寄出的两封信，算回了老家。

这四所宅子里的东西，多半是人家捐赠；有些是特地买了送来的。也有借得来陈列的。管事的人总是在留意搜寻着，颇为苦心热肠。经常用费大部靠基金和门票、指南等余利；但门票卖的并不多，指南照顾的更少，大约维持也不大容易。

格雷（Thomas Gray，1716—1771）以《挽歌辞》（《Elegy Written in a Country Churchyard》）著名。原题中所云“作于乡村教堂墓地中”，指司妥克波忌士（Stoke Poges）的教堂而言。诗作于一七四二格雷二十五岁时，成于一七五〇，当时诗人怀古之情，死生之感，亲近自然之意，诗中都委婉达出，而句律精妙，音节谐美，批评家以为最足代表英国诗，称为诗中之诗。诗出后，风靡一时，诵读模拟，遍于欧洲各国；历来引用极多，至今已成为英美文学教育的一部分。司妥克波忌士在伦敦西南，从那著名的温泽堡（Windsor Castle）去是很近的。四月一个下午，微雨之后，我们到了那里。一路幽静，似乎鸟声也不大听见。拐了一个小弯儿，眼前一片平铺的碧草，点缀着稀疏的墓碑；教堂木然孤立，像戏台上布景似的。小路旁一所小屋子，门口有小木牌写着格雷陈列室之类。出来一位白发老人，殷勤地引我们去看格雷墓，长方形，特别大，是和他母亲，姨母合葬的，紧挨着教堂墙下。

又看水松树（yew-tree），老人说格雷在那树下写《挽歌辞》来着；《挽歌辞》里提到水松树，倒是确实的。我们又兜了个大圈子，才回到小屋里，看《挽歌辞》真迹的影印本。还有几件和格雷关系很疏的旧东西。屋后有井，老人自己汲水灌园，让我们想起“灌园叟”来；临别他送我们每人一张教堂影片。

博物院

伦敦的博物院带画院，只检[①]大的说，足足有十个之多。在巴黎和柏林，并不“觉得”博物院有这么多似的。柏林的本来少些；巴黎的不但不少，还要多些，但除罗浮宫外，都不大。最要紧的，伦敦各院陈列得有条有理的，又疏朗，房屋又亮，得看；不像罗浮宫，东西那么挤，屋子那么黑，老教人喘不出气。可是，伦敦虽然得看，说起来也还是千头万绪；真只好检大的说罢了。

先看西南角。维多利亚亚伯特院最为堂皇富丽。这是个美术博物院，所收藏的都是美术史材料，而装饰用的工艺品尤多，东方的西方的都有。漆器，磁器，家具，织物，服装，书籍装订，道地五光十色。这里颇有中国东西。漆器磁器玉器不用说，壁画佛像，罗汉木像，还有乾隆宝座也都见于该院的“东方百珍图录”

① 检：同“拣”，挑选的意思。

里。图录里还有明朝李麟（原作 Li Ling，疑系此人）画的《波罗球戏图》；波罗球骑着马打，是唐朝从西域传来的。中国现在似乎没存着这种画。院中卖石膏像，有些真大。

自然史院是从不列颠博物院分出来的。这里才真古色古香，也才真“巨大”。看了各种史前人的模型，只觉得远烟似的时代，无从凭吊，无从怀想——满够不上分儿。中生代大爬虫的骨架，昂然站在屋顶下，人还够不上它们一条腿那么长，不用提“项背”了。现代鲸鱼的标本虽然也够大的，但没腿，在陆居的我们眼中就差多了。这里有夜莺，自然是死的，那样子似乎也并不特别秀气；嗓子可真脆真圆，我在话匣片里听来着。

欧战院成立不过十来年。大战各方面，可以从这里略见一斑。这里有模型，有透视画（dioramas），有照相，有电影机，有枪炮等等。但最多的还是画。大战当年，英国情报部雇用一群少年画家，教他们搁下自己的工作，大规模的画战事画，以供宣传，并作为历史纪录。后来少年画家不够用，连老画家也用上了。那时情报部常常给这些画家开展览会，个人的或合伙的。欧战院的画便是那些展览作品的一部分。少年画家大约都是些立体派，和老画家的浪漫作风迥乎不同。这些画家都透视了战争，但他们所成就的却只是历史纪录，艺术是没有什么的。

现在该到西头来，看人所熟知的不列颠博物院了。考古学的收藏，名人文件，钞本和印本书籍，都数一数二；顾恺之《女史箴》卷子和敦煌卷子便在此院中。磁器也不少，中国的，土耳其的，欧洲各国的都有；中国的不用说，土耳其的青花，浑厚朴拙，比欧洲金的蓝的或刻镂的好。考古学方面，埃及王拉米塞斯第二（约西元前1250）巨大的花岗石像，几乎有自然史院大爬虫那么高，足为我们扬眉吐气；也有坐像。坐立像都僵直而四方，大有虽地动山摇不倒之势。这些像的石质尺寸和形状，表示统治者永久的超人的权力。还有贝叶的《死者的书》，用象形字和俗字两体写成。罗塞他石[①]，用埃及两体字和希腊文刻着诏书一通（西元前195），一七九八年出土；从这块石头上，学者比对希腊文，才读通了埃及文字。

希腊巴昔农庙（Parthenon）各件雕刻，是该院最足以自豪的。这个庙在雅典，奉祀女神雅典巴昔奴；配利克里斯（Pericles）时代，教成千带万的艺术家，用最美的大理石，重建起来。总其事的是配氏的好友兼顾问，著名雕刻家费迪亚斯（Phidias）。那时物阜民丰，费了二十年工夫，到了西元前四三五年，才造成。庙是长方形，有门无窗；或单行或双行的石柱围绕着，像女神的马队一般。短的两头，柱上承着三角形的楣；这上面都雕着像。庙墙外上部，是著名的刻壁。庙在一六八七年让威尼斯人炸毁了一部分；一八〇一年，爱而近伯爵从雅典人手里将三角楣上的像，刻壁，和些别的买回英国，费了七万镑，约合百多万元；后来转

① 罗塞他石：指罗塞塔石碑，古埃及石碑。

卖给这博物院，却只要一半价钱。院中特设了一间爱而近室陈列那些艺术品，并参考巴黎国家图书馆所藏的巴昔农庙诸图，做成庙的模型，巍巍然立在石山上。

希腊雕像与埃及大不相同，绝无僵直和紧张的样子。那些艺术家比较自由，得以研究人体的比例；骨架，肌理，皮肉，他们都懂得清楚，而且有本事表现出来。又能抓住要点，使全体和谐不乱。无论坐像立像，都自然，庄严，造成希望艺术的特点：清明而有力。常时运动竞技极发达；艺术家雕神像，常以得奖的人为“模特儿”，赤裸裸的身体里充满了活动与力量。可是究竟是神像；所以不能是如实的人像而只是理想的人像。这时代所缺少的是热情，幻想；那要等后世艺人去发展了。庙的东楣上运命女神三姊妹像，头已经失去了，可是那衣褶如水的轻妙，衣褶下身体的充盈，也从繁复的光影中显现，几乎不相信是石人。那刻壁浮雕着女神节贵家少女献衣的行列。少女们穿着长袍，庄严的衣褶，和运命女神的又不一样，手里各自拿着些东西；后面跟着成队的老人，妇女，雄赳赳的骑士，还有带祭品的人，齐向诸神而进。诸神清明彻骨，在等待着这一行人众。这刻壁上那么多人，却不繁杂，不零散，打成一片，布局时必然煞费苦心。而细看诸少女诸骑士，也各有精神，绝不一律；其间刀锋或深或浅，光影大异。少壮的骑士更像生龙活虎，千载如见。

院中所藏名人的文件太多了。像莎士比亚押房契，弥尔顿出卖《失乐园》合同（这合同是书记代签，不出弥氏亲笔），巴格来夫（Palgrave）《金库集》稿，格雷《挽歌》稿，哈代《苔丝》稿，达文齐，密凯安杰罗的手册，还有维多利亚后四岁时铅笔签字，都亲切有味。至于荷马史诗的贝叶，西元一世纪所写，在埃及发见的，以及九世纪时希伯来文《旧约圣经》残叶，据说也许是世界上最古《圣经》钞本的，却真令人悠然遐想。还有，二世纪时，罗马舰队一官员，向兵丁买了一个七岁的东方小儿为奴，立了一张贝叶契，上端盖着泥印七颗；和英国大宪章的原本，很可比着看。院里藏的中古钞本也不少；那时欧洲僧侣非常闲，日以钞书为事；字用峨特体，多棱角，精工是不用说的。他们最考究字头和插画，必然细心勾勒着上鲜丽的颜色，蓝和金用得多些；颜色也选得精，至今不变。某钞本有岁历图，二幅，画十二月风俗，细致风华，极为少见。每幅下另有一栏，画种种游戏，人物短小，却也滑稽可喜。画目如下：正月，析薪；二月，炬舞；三月，种花，伐木；四月，情人园会；五月，荡舟；六月，比武；七月，行猎，刈麦；八月，获稻；九月，酿酒；十月，耕种；十一月，猎归；十二月，屠豕。钞本和印本书籍之多，世界上只有巴黎国家图书馆可与这博物院相比；此处印本共三百二十万余册。有穹隆顶的大阅览室，圆形，室中桌子的安排，好像车轮的辐，可坐四百八十五人；管理员高踞在毂中。

次看画院。国家画院在西中区闹市口，匹对着特拉伐加方场一百八十四英尺高的纳尔逊石柱子。院中的画不算很多，可是足以代表欧洲画史上的各派；他们自诩，在这一方面，世界上那儿也及不上这里。最完全的是意大利十五六世纪的作品，特别是佛罗伦司派，大约除了意大利本国，便得上这儿来了。画按派别排列，可也按着时代。但是要看英国美术，此地不成，得上南边儿泰特（Tate）画院去。那画院在泰晤士河边上；一九二八年水上了岸，给浸坏了特耐尔（Joseph Malord William Turner，1775—1851）好多画，最可惜。特耐尔是十九世纪英国最大的风景画家，也是印象派的先锋。他是个穷苦的孩子，小时候住在菜市旁的陋巷里，常只在泰晤士河的码头和驳船上玩儿。他对于泰晤士河太熟了，所以后来爱画船，画水，画太阳光。再后来他费了二十多年工夫专研究光影和色彩，轮廓与内容差不多全不管；这便做了印象派的前驱了。他画过一幅《日出：湾头堡子》，那堡子淡得只见影儿，左手一行树，也只有树的意思罢了；可是，瞧，那金黄的朝阳的光，顺着树水似的流过去，你只觉着温暖，只觉得柔和，在你的身上，那光却又像一片海，满处都是的，可是闪闪铄铄，仪态万千，教你无从捉摸，有点儿着急。

特耐尔以前，坚士波罗（Gainsborough，1727—1788）是第一个人脱离荷兰影响，用英国景物作风景画的题材；又以画像著名。何嘉士（Hogarth，1697—1764）画了一套《结婚式》，又生动又亲切，当时刻板流传，风行各处，现存在这画院中。美国大画家惠斯勒（Whistler）称他为英国仅有的大画家。雷诺尔兹（Reynolds，1723—1792）的画像，与坚士波罗并称。画像以性格与身分为主，第一当然要像。可是从看画者一面说，像主若是历史上的或当代的名人，他们的性格与身分，多少总知道些，看起来自然有味，也略能批评得失。若只是平凡的人，凭你怎样像，陈列到画院里，怕就少有去理会的。因此，画家为维持他们永久的生命计，有时候重视技巧，而将“像”放在第二着。雷诺尔兹与坚士波罗似乎就是这样的人。他们画的像，色调鲜明而缥缈，庄严的男相，华贵的女相，优美活泼的孩子相，都算登峰造极；可就是不大“像”。坚氏的女像总太瘦；雷氏的不至于那么瘦，但是像主往往退回他的画，说太不像。——国家画院旁有个国家画像院，专陈列英国历史上名人的像，文学家，艺术家，科学家，政治家，皇族，应有尽有，约共二千一百五十人。油画是大宗，排列依着时代。这儿也看见雷坚二氏的作品；但就全体而论，历史比艺术多的多。

泰特画院中还藏着诗人勃来克（William Blake，1757—1827）和罗塞蒂（Dante Gabriel Rossetti，1828—1882）的画。前一位是浪漫诗人的先驱，号称神秘派。自幼儿想象多，都表现在诗与画里。他的图案非常宏伟；色彩也如火焰，如一飞冲天的翅膀。所画的人体并不切实，只用作表现姿态，表现动的符号而已。后一位是先拉斐尔派的主角；这一派是诗与画双管齐下的。他们不相信“为艺术的艺术”，而以知识为重。画要叙事，要教训，要接触民众的心，让他们相信美的新观念；画笔要细腻，颜色却不必调和。罗氏作品有着清明的调子，强厚的感情；只是理想虽高，气韵却不够生动似的。

当代英国名雕塑家爱勃斯坦（Jacob Epstein）也有几件东西陈列在这里。他是新派的浪漫雕塑家。这派人要在形体的部分中去找新的情感力量；那必是不寻常的部分，足以扩展他们自己情感或感觉的经验的。他们以为这是美，夸张地表现出来；可是俗人却觉得人不像人，物不像物，觉得丑，只认为滑稽画一类。爱氏雕石头，但是塑泥似乎更多：塑泥的表面，决不刮光，就让那么凸凸凹凹的堆着，要的是这股劲儿。塑完了再倒铜。——他也卖素描，形体色调也是那股浪漫劲儿。

以上只有不列颠博物院的历史可以追溯到十八世纪；别的都是十九世纪建立的，但欧战院除外。这些院的建立，固然靠国家的力量，却也靠私人的捐助——捐钱盖房子或捐自己的收藏的都有。各院或全不要门票，像不列颠博物院就是的；或一礼拜中两天要门票，票价也极低。他们印的图片及专册，廉价出售，数量惊人。又差不多都有定期的讲演，一面讲一面领着看；虽然讲的未必怎样精，听讲的也未必怎样多。这种种全为了教育民众，用意是值得我们佩服的。

公 园

英国是个尊重自由的国家，从伦敦海德公园（Hyde Park）可以看出。学政治的人一定知道这个名字；近年日报的海外电讯里也偶然有这个公园出现。每逢星期日下午，各党各派的人都到这儿来宣传他们的道理。公说公有理，婆说婆有理，井水不犯河水。从耶稣教到共产党，差不多样样有。每一处说话的总是一个人。他站在桌子上，椅子上，或是别的什么上，反正在听众当中露出那张嘴脸就成；这些桌椅等等可得他们自己预备，公园里的长椅子是只让人歇着的。听的人或多或少。有一回一个讲耶稣教的，没一个人听，却还打起精神在讲；他盼望来来去去的游人里也许有一两个三四个五六个……爱听他的，只要有人驻一下脚，他的口舌就算不白费了。

见过一回共产党示威，演说的东也是，西也是；有的站在大车上，颇有点巍巍然。按说那种马拉的大车平常不让进园，这回大约办了个特许。其中有个女的约莫四十上下，嗓子最大，说的也最长；说的是伦敦土话，凡是开口音，总将嘴张到不能再大的地步，一面用胳膊助势。说到后来，嗓子沙了，还是一字不苟地喊下去。天快黑了，他们整队出园喊着口号，标语旗帜也是五光十色的。队伍两旁，又高又大的马巡缓缓跟着，不说话。出的是北门，外面便是热闹的牛津街。

北门这里一片空旷的沙地，最宜于露天演说家，来的最多。也许就在共产党队伍走后吧，这里有人说到中日的事；那时刚过“一二八”不久，他颇为我们抱不平。他又赞美甘地；却与贾波林相提并论，说贾波林也是为平民打抱不平的。这一比将听众引得笑起来了；不止一个人和他辩论，一位老太太甚至嘀咕着掉头而去。这个演说的即使不是共产党，大约也不是“高等”英人吧。公园里也闹过一回大事：一八六六年国会改革的暴动（劳工争选举权），周围铁栏杆毁了半里多路长，警察受伤了二百五十名。

公园周围满是铁栏杆，车门九个，游人出入的门无数，占地二千二百多亩，绕园九里，是伦敦公园中最大的，来的人也最多。园南北都是闹市，园中心却静静的。灌木丛里各色各样野鸟，清脆的繁碎的语声，夏天绿草地上，洁白的绵羊的身影，教人像下了乡，忘记在世界大城里。那草地一片迷濛的绿，一片芊绵的绿，像水，像烟，像梦；难得的，冬天也这样。西南角上蜿蜒着一条蛇水，算来也占地三百亩，养着好些水鸟，如苍鹭之类。可以摇船，游泳；并有救生会，让下水的人放心大胆。这条水便是雪莱的情人西河女士（Harriet Westbrook）自沉的地方，那是一百二十年前的事了。

南门内有拜伦立像，是五十年前希腊政府捐款造的；又有座古英雄阿契来斯像，是惠灵顿公爵本乡人造了来纪念他的，用的是十二尊法国炮的铜，到如今却有一百多年了。还有英国现负盛名的雕塑家爱勃斯坦（Epstein）的壁雕，是纪念自然学家赫德生的。一个似乎要飞的人，张着臂，仰着头，散着发，有原始的朴拙犷悍之气，表现的是自然精神的化身；左右四只鸟在飞，大小旁正都不相同，也有股野劲儿。这件雕刻的价值，引起过许多讨论。南门内到蛇水边一带游人最盛。夏季每天上午有铜乐队演奏；在栏外听算白饶，进栏得花点票钱，但有椅子坐。游人自然步行的多，也有跑车的，骑马的；骑马的另有一条“马”路。

这园子本来是鹿苑，在里面行猎；一六三五年英王查理斯第一才将它开放，作赛马和竞走之用。后来变成决斗场。一八五一年第一次万国博览会开在这里，用玻璃和铁搭盖的会场；闭会后拆了盖在别处，专作展览的处所，便是那有名的水晶宫了。蛇水本没有，只有六个池子；是十八世纪初叶才打通的。

海德公园东南差不多毗连着的，是圣詹姆士公园（St. James’s Park），约有五百六七十亩。本是沮洳的草地，英王亨利第八抽了水，砌了围墙，改成鹿苑。查理斯第二扩充园址，铺了路，改为游玩的地方；以后一百年里，便成了伦敦最时髦的散步场。十九世纪初才改造为现在的公园样子。有湖，有悬桥；湖里鹈鹕最多，倚在桥栏上看它们水里玩儿，可以消遣日子。周围是白金罕宫，西寺，国会，各部官署，都是最忙碌的所在；倚在桥栏上的人却能偷闲赏鉴那西寺和国会的戈昔式尖顶的轮廓，也算福气了。

海德公园东北有摄政公园，原也是鹿苑；十九世纪初“摄政王”（后为英王乔治第四）才修成现在样子。也有湖，摇的船最好；坐位下有小轮子，可以进退自如，滚来滚去顶好玩儿的。野鸽子野鸟很多，松鼠也不少。松鼠原是动物园那边放过来的，只几对罢了；现在却繁殖起来了。常见些老头儿带着食物到园里来喂麻雀，鸽子，松鼠。这些小东西和人混熟了，大大方方到人手里来吃食；看去怪亲热的。别的公园里也有这种人。这似乎比提鸟笼有意思些。

动物园在摄政园东北犄角上，属于动物学会，也有了百多年的历史。搜集最完备，有动物四千，其中哺乳类八百，鸟类二千四百。去逛的据说每年超过二百万人。不用问孩子们去的一定不少；他们对于动物比成人亲近得多，关切得多。只看见教科书上或字典上的彩色动物图，就够捉摸的，不用提实在的东西了。就是成人，可不也愿意开开眼，看看没看过的，山里来的，海里来的，异域来的，珍禽，奇兽，怪鱼？要没有动物园，或许一辈子和这些东西都见不着面呢。再说像狮子老虎，那能随便见面！除非打猎或看马戏班。但打猎遇着这些，正是拼死活的时候，那里来得及玩味它们的生活状态？马戏班里的呢，也只表演些扭捏的玩艺儿，时候又短，又隔得老远的；那有动物园里的自然，得看？这还只说的好奇的人；艺术家更可仔细观察研究，成功新创作，如画和雕塑，十九世纪以来，用动物为题材的便不少。近些年电影里的动物趣味，想来也是这么培养出来的；不过那却非动物园所可限了。

伦敦人动物园的趣味很大，有的报馆专派有动物园的访员，给园中动物作起居注，并报告新来到的东西；他们的通信有些地方就像童话一样。去动物园的人最乐意看喂食的时候，也便是动物和人最亲近的时候。喂食有时得用外交手腕，譬如鱼池吧，若随手将食撒下去，让大家来抢，游得快的，利害的，不用说占了便宜，剩下的便该活活饿死了。这当然不公道，那一视同仁的管理人一定不愿意的。他得想法子，比方说，分批来喂，那些快的，利害的，吃完了，便用网将它们拦在一起，再照料别的。各种动物喂食都有一定钟点，著名的裴歹克《伦敦指南》便有一节专记这个。孩子们最乐意的还有骑象，骑骆驼（骆驼在伦敦也算异域珍奇）。再有，游客若能和管理各动物的工人攀谈攀谈，他们会亲切地讲这个那个动物的故事给你听，像传记的片段一般；那时你再去看他说的那些东西，便更有意思了。

园里最好玩儿的事，黑猩猩茶会，白熊洗澡。茶会夏天每日下午五点半举行，有茶，有牛油面包。它们会用两只前足，学人的样子。有时“生手”加入，却往往只用一只前足，牛油也是它来，面包也是它来；这种虽是天然，看的人倒好笑了。白熊就是北极熊，从冰天雪地里来，却最喜欢夏天；越热越高兴，赤日炎炎的中午，它们能整个儿躺在太阳里。也爱下水洗澡，身上老是雪白。

它们待在熊台上，有深沟为界；台旁有池，洗澡便在池里。池的一边，隔着一层玻璃可以看它们载浮载沉的姿势。但是一冷到华氏表五十度下，就不肯下水，身上的白雪也便慢慢让尘土封上了。

非洲的企鹅也是人们特别乐意看的。它有一岁半婴孩这么大，不会飞，会下水，黑翅膀，灰色胸脯子挺得高高的，昂首缓步，旁若无人。它的特别处就在乎直立着。比鹅大不多少，比鸵鸟，鹤，小得多，可是一直立就有人气，便当另眼相看了。自然，别的鸟也是直立着的，可是太小了，说不上。企鹅又拙得好，现代装饰图案有用它的。只是不耐冷，一到冬天，便没精打采的了。

鱼房鸟房也特别值得看。鱼房分淡水房海水房热带房（也是淡水）。屋内黑洞洞的，壁上嵌着一排镜框似的玻璃，横长方。每框里一种鱼，在水里游来游去，都用电灯光照着，像画。鸟房有两处，热带房里颜色声音最丰富，最新鲜；有种上截脆蓝下截褐红的小鸟，不住地飞上飞下，不住地咭咭呱呱，怪可怜见的。

这个动物园各部分空气光线都不错，又有冷室温室，给动物很周到的设计。只是才二百亩地，实在施展不开，小东西还罢了，像狮子老虎老是关在屋里，未免委屈英雄，就是白熊等物虽有特备的台子，还是局蹐得很；这与鸟笼子也就差得有限了。固然，让这些动物完全自由，那就无所谓动物园；可是若能给它们较大的自由，让它们活得比较自然些，看的人岂不更得看些。所以一九二七年上，动物学会又在伦敦西北惠勃司奈得（Whipsnade，

Bedforshire）地方成立了一所动物园，有三千多亩；据说，那些庞然大物自如多了，游人看起来也痛快多了。

以上几个园子都在市内，都在泰晤士河北。河南偏西有个大大有名的邱园（Kew Gardens），却在市外了。邱园正名“王家植物园”，世界最重要，最美丽的植物园之一；大一千七百五十亩，栽培的植物在二万四千种以上。这园子现在归农部所管，原也是王室的产业，一八四一年捐给国家；从此起手研究经济植物学和园艺学，便渐渐著名了。他们编印大英帝国植物志。又移种有用的新植物于帝国境内——如西印度群岛的波罗蜜，印度的金鸡纳霜，都是他们介绍进去的。园中博物院四所；第二所经济植物学博物院设于一八四八，是欧洲最早的一个。

但是外行人只能赏识花木风景而已。水仙花最多，四月尾有所谓“水仙花礼拜日”，游人盛极。温室里奇异的花也不少。园里有什么好花正开着，门口通告牌上逐日都列着表。暖气室最大，分三部：喜马拉耶室养着石楠和山茶，中国石楠也有，小些；中部正面安排着些大凤尾树和棕榈树；凤尾树真大，得仰起脖子看，伸开两胳膊还不够它宽的。周围绕着些时花与灌木之类。另一部是墨西哥室，似乎没有什么特别的东西。

东南角上一座塔，可不能上；十层，一百五十五尺，造于十八世纪中，那正是中国文化流行欧洲的时候，也许是中国的影响吧。据说还有座小小的孔子庙，但找了半天，没找着。不远儿倒有座彩绘的日本牌坊，所谓“敕使门”[1]的，那却造了不过二十年。从塔下到一个人工的湖有一条柏树甬道，也有森森之意；可惜树太细瘦，比起我们中山公园，真是小巫见大巫了。所谓“竹园”更可怜，又不多，又不大，也不秀，还赶不上西山大悲庵那些。

加尔东尼市场

在北平住下来的人，总知道逛庙会逛小市的趣味。你来回踱着，这儿看看，那儿站站；有中意的东西，磋磨磋磨价钱，买点儿回去让人一看，说真好；再提价钱，说那有这么巧的。你这一乐，可没白辛苦一趟！要什么都没买成，那也不碍；就凭看中的一两件三四件东西，也够你讲讲说说的。再说在市上留连一会子，到底过了“蘑菇”的瘾，还有什么抱怨的？

伦敦人纷纷上加尔东尼市场（Caldonian Market），也正是这股劲儿。房东太太客厅里炉台儿上放着一个手榴弹壳，是盛烟灰用的。比甜瓜小一点，面上擦得精亮，方方的小块儿，界着又粗又深的黑道儿，就是蛮得好，傻得好。房东太太说还是她家先生在世时逛加尔东尼市场买回来的。她说这个市场卖旧货，可以还价，花样不少，有些是偷来的，倒也有好东西；去的人可真多。

---

① 敕使门：寺院门，敕使参谒时从这里经过。

市场只在星期二星期五上午十时至下午四时开放，有些像庙会；市场外另有几家旧书旧货铺子，却似乎常做买卖，又有些像小市。

先到外头一家旧书铺。没窗没门。仰面灰蓬蓬的，土地，刚下完雨，门口还积着个小小水潭儿。从乱书堆中间进去，一看倒也分门别类的。“文学”在里间，空气变了味，扑鼻子一阵阵的——到如今三年了，不忘记，可也叫不出什么味。《圣经》最多，整整一箱子。不相干的小说左一堆右一堆；却也挑出了一本莎翁全集，几本正正经经诗选。莎翁全集当然是普通本子，可是只花了九便士，才合五六毛钱。铺子里还卖旧话匣片子，不住地开着让人听，三五个男女伙计穿梭似地张罗着。别几家铺子没进去，外边瞧了瞧，也一团灰土气。

市场门口有小牌子写着开放日期，又有一块写着“谨防扒手”——伦敦别处倒没见过这玩意儿。地面大小和北平东安市场差不多，一半带屋顶，一半露天；干净整齐，却远不如东安市场。满是摊儿，屋里没有地摊儿，露天里有。

摆摊儿的，男女老少，色色俱全；还有缠着头的印度人。卖的是日用什物，布匹，小摆设；花样也不怎样多，多一半古旧过了头。有几件日本磁器，中国货色却不见。也有卖吃的，卖杂要的。踱了半天，看见一个铜狮子镇纸，够重的，狮子颇有点威武；要价三先令（二元余），还了一先令，没买成。快散了，却瞥见地下大大的厚厚的一本册子，拿起来翻着，原来是书纸店里私家贺年片的样本。这些旧贺年片虽是废物，却印得很好看，又各不相同；问价钱才四便士，合两毛多，便马上买了。出门时又买了个擦皮鞋的绒卷儿，也贱——到现在还用着。这时正愁大册子夹着不便，抬头却见面前立着个卖硬纸口袋的，大小都有，买了东西的人，大概全得买上那么一只；这当口门外沿路一直到大街上，挨挨擦擦的，差不离尽是提纸口袋的。——我口袋里那册贺年片样本，回国来让太太小姐孩子们瞧，都爱不释手；让她们猜价儿，至少说四元钱。我忍不住要想，逛那么一趟加尔东尼，也算值得了。

吃 的

提到欧洲的吃喝，谁总会想到巴黎，伦敦是算不上的。不用说别的，就说煎山药蛋吧。法国的切成小骨牌块儿，黄争争的，油汪汪的，香喷喷的；英国的“条儿”（chips）却半黄半黑，不冷不热，干干儿的什么味也没有，只可以当饱罢了。再说英国饭吃来吃去，主菜无非是煎炸牛肉排羊排骨，配上两样素菜；记得在一个人家住过四个月，只吃过一回煎小牛肝儿，算是新花样。可是菜做得简单，也有好处：材料坏容易见出，像大陆上厨子将坏东西做成好样子，在英国是不会的。大约他们自己也觉着腻味，所以一九二六那一年有一位华衣脱女士（E.White）组织了一个英国民间烹调社，搜求各市各乡的食谱，想给英国菜换点儿花样，让它好吃些。一九三一年十二月烹调社开了一回晚餐会，从十八世纪以来的食谱中选了五样菜（汤和点心在内），据说是又好吃，又不费事。这时候正是英国的国货年，所以报纸上颇为揄扬一番。可是，现在欧洲的风气，吃饭要少要快，那些陈年的老古董，怕总有些不合时宜吧。

吃饭要快，为的忙，欧洲人不能像咱们那样慢条斯理儿的，大家知道。干吗要少呢？为的卫生，固然不错，还有别的：女的男的都怕胖。女的怕胖，胖了难看；男的也爱那股标劲儿，要像个运动家。这个自然说的是中年人少年人，老头子挺着个大肚子的却有的是。欧洲人一日三餐，分量颇不一样。像德国，早晨只有咖啡面包，晚间常冷食，只有午饭重些。法国早晨是咖啡，月芽饼，午饭晚饭似乎一般分量。英国却早晚饭并重，午饭轻些。英国讲究早饭，和我国成都等处一样。有麦粥，火腿蛋，面包，茶，有时还有薰咸鱼，果子。午饭顶简单的，可以只吃一块烤面包，一杯咖啡；有些小饭店里出卖午饭盒子，是些冷鱼冷肉之类，却没有卖晚饭盒子的。

伦敦头等饭店总是法国菜，二等的有意大利菜，法国菜，瑞士菜之分；旧城馆子和茶饭店等才是本国味道。茶饭店与煎炸店其实都是小饭店的别称。茶饭店的“饭”原指的午饭，可是卖的东西并不简单，吃晚饭满成；煎炸店除了煎炸牛肉排羊排骨之外，也卖别的。头等饭店没去过，意大利的馆子却去过两家。一家在牛津街，规模很不小，晚饭时有女杂耍和跳舞。只记得那回第一道菜是生蚝之类；一种特制的盘子，边上围着七八个圆格子，每格放半个生蚝，吃起来很雅相。另一家在由斯敦路，也是个热闹地方。这家却小小的，通心细粉做得最好；将粉切成半分来长的小圈儿，用黄油煎熟了，平铺在盘儿里，洒上干酪（计司）粉，轻松鲜美，妙不可言。还有炸"搦气蚝"，鲜嫩清香，蝤蛑，瑶柱，都不能及；只有宁波的蛎黄仿佛近之。

茶饭店便宜的有三家：拉衣恩司（Lyons），快车奶房，ABC面包房。每家都开了许多店子，遍布市内外；ABC比较少些，也贵些，拉衣恩司最多。快车奶房炸小牛肉小牛肝和红烧鸭块都还可口；他们烧鸭块用木炭火，所以颇有中国风味。ABC炸牛肝也可吃，但火急肝老，总差点儿事；点心烤得却好，有几件比得上北平法国面包房。拉衣恩司似乎没甚么出色的东西；但他家有两处"角店"，都在闹市转角处，那里却有好吃的。角店一是上下两大间，一是三层三大间，都可容一千五百人左右；晚上有乐队奏乐。一进去只见黑压压的坐满了人，过道处窄得可以，但是气象颇为阔大（有个英国学生讥为"穷人的宫殿"，也许不错）；在那里往往找了半天站了半天才等着空位子。这三家所有的店子都用女侍者，只有两处角店里却用了些男侍者——男侍者工钱贵些。男女侍者都穿了黑制服，女的更戴上白帽子，分层招待客人。

也只有在角店里才要给点小费（虽然门上标明“无小费”字样），别处这三家开的铺子里都不用给的。曾去过一处角店，烤鸡做得还入味；但是一只鸡腿就合中国一元五角，若吃鸡翅还要贵点儿。茶饭店有时备着骨牌等等，供客人消遣，可是向侍者要了玩的极少；客人多的地方，老是有人等位子，干脆就用不着备了。此外还有一种生蚝店，专吃生蚝，不便宜；一位房东太太告诉我说“不卫生”，但是吃的人也不见少。吃生蚝却不宜在夏天，所以英国人说月名中没有“R”（五六七八月），生蚝就不当令了。伦敦中国饭店也有七八家，贵贱差得很大，看地方而定。菜虽也有些高低，可都是变相的广东味儿，远不如上海新雅好。在一家广东楼要过一碗鸡肉馄饨，合中国一元六角，也够贵了。

茶饭店里可以吃到一种甜烧饼（muffin）和窝儿饼（crumpet）。甜烧饼仿佛我们的火烧，但是没馅儿，软软的，略有甜味，好像参了米粉做的。窝儿饼面上有好些小窝窝儿，像蜂房，比较地薄，也像参了米粉。这两样大约都是法国来的；但甜烧饼来的早，至少二百年前就有了。厨师多住在祝来巷（Drury Lane），就是那著名的戏园子的地方；从前用盘子顶在头上卖，手里摇着铃子。那时节人家都爱吃，买了来，多多抹上黄油，在客厅或饭厅壁炉上烤得热辣辣的，让油都浸进去，一口咬下来，要不沾到两边口角上。这种偷闲的生活是很有意思的。但是后来的窝儿饼浸油更容易，更香，又不太厚，太软，有咬嚼些，样式也波俏；人们渐渐地喜欢它，就少买那甜烧饼了。一位女士看了这种光景，心下难过；便写信给《泰晤士报》，为甜烧饼抱不平。《泰晤士报》特地做了一篇小社论，劝人吃甜烧饼以存古风；但对于那位女士所说的窝儿饼的坏话，却宁愿存而不论，大约那论者也是爱吃窝儿饼的。

复活节（三月）时候，人家吃煎饼（pancake），茶饭店里也卖；这原是忏悔节（二月底）忏悔人晚饭后去教堂之前吃了好熬饿的，现在却在早晨吃了。饼薄而脆，微甜。北平中原公司卖的“胖开克”（煎饼的音译）却未免太“胖”，而且软了。——说到煎饼，想起一件事来：美国麻省勃克夏地方（Berkshire Country）有“吃煎饼竞争”的风俗，据《泰晤士报》说，一九三二的优胜者一气吃下四十二张饼，还有腊肠热咖啡。这可算“真正大肚皮”了。

英国人每日下午四时半左右要喝一回茶，就着烤面包黄油。请茶会时，自然还有别的，如火腿夹面包，生豌豆苗夹面包，茶馒头（tea scone）等等。他们很看重下午茶，几乎必不可少。又可乘此请客，比请晚饭简便省钱得多。英国人喜欢喝茶，过于喝咖啡，和法国人相反；他们也煮不好咖啡。喝的茶现在多半是印度茶；茶饭店里虽卖中国茶，但是主顾寥寥。不让利权外溢固然也有关系，可是不利于中国茶的宣传（如说制时不干净）和茶味太淡才是主要原因。印度茶色浓味苦，加上牛奶和糖正合式；中国红茶不够劲儿，可是香气好。奇怪的是茶饭店里卖的，色香味都淡得没影子。那样茶怎么会运出去，真莫名其妙。

街上偶然会碰着提着筐子卖落花生的（巴黎也有），推着四轮车卖炒栗子的，教人有故国之思。花生栗子都装好一小口袋一小口袋的，栗子车上有炭炉子，一面炒，一面装，一面卖。这些小本经纪在伦敦街上也颇古色古香，点缀一气。栗子是干炒，与我们“糖炒”的差得太多了。——英国人吃饭时也有干果，如核桃，榛子，榧子，还有巴西乌菱（原名Brazils，巴西出产，中国通称“美国乌菱”），乌菱实大而肥，香脆爽口，运到中国的太干，便不大好。他们专有一种干果夹，像钳子，将干果夹进去，使劲一握夹子柄，“格”的一声，皮壳碎裂，有些蹦到远处，也好玩儿的。苏州有瓜子夹，像剪刀，却只透着玲珑小巧，用不上劲儿去。

乞 丐

“外国也有乞丐”，是的；但他们的丐道或丐术不大一样。近些年在上海常见的，马路旁水门汀上用粉笔写着一大堆困难情形，求人帮助，粉笔字一边就坐着那写字的人，——北平也见过这种乞丐，但路旁没有水门汀，便只能写在纸上或布上——却和外国乞丐相像；这办法不知是“来路货”呢，还是“此心同，此理同”呢？

伦敦乞丐在路旁画画的多，写字的却少。只在特拉伐加方场附近见过一个长须老者（外国长须的不多），在水门汀上端坐着，面前几行潦草的白粉字。说自己是大学出身，现在一寒至此，大学又有何用，这几句牢骚话似乎颇打动了一些来来往往的人，加上老者那炯炯的双眼，不露半星儿可怜相，也教人有点肃然。他右首放着一只小提箱，打开了，预备人望里扔钱。那地方本是四通八达的闹市，扔钱的果然不少。箱子内外都撒的铜子儿（便士）；别的乞丐却似乎没有这么好的运气。

画画的大半用各色粉笔，也有用颜料的。见到的有三种花样。或双钩 To Live（求生）二字，每一个字母约一英尺见方，在双钩的轮廓里精细地作画。字母整齐匀净，通体一笔不苟。或双钩 Good Luck（好运）二字，也有只用 Luck（运气）一字的。——“求生”是自道；“好运”“运气”是为过客颂祷之辞。或画着四五方风景，每方大小也在一英尺左右。通常画者坐在画的一头，那一头将他那旧帽子翻过来放着，铜子儿就扔在里面。

这些画丐有些在艺术学校受过正式训练，有些平日爱画两笔，算是“玩艺儿”。到没了落儿，便只好在水门汀上动起手来了。一九三二年五月十日，这些人还来了一回展览会。那天晚报（The Evening News）上选印了几幅，有两幅是彩绣的。绣的人诨名“牛津街开特尔老大”，拳乱时做水手，来过中国，他还记得那时情形。这两幅画绣在帆布（画布）上，每幅下了八万针。他绣过英王爱德华像，据说颇为当今王后所赏识；那是他生平最得意的时候。现在却只在牛津街上浪荡着。

晚报上还记着一个人。他在杂戏馆（Halls）干过三十五年，名字常大书在海报上。三年前还领了一个杂戏班子游行各处，他扮演主要的角色。英伦三岛的城市都到过；大陆上到过百来处，美国也到过十来处。也认识贾波林。可是时运不济，“老伦敦”却没一个子儿。他想起从前朋友们说过静物写生多么有意思，自己也曾学着玩儿；到了此时，说不得只好凭着这点“玩艺儿”在泰晤士河长堤上混混了。但是他怕认得他的人太多，老是背向着路中，用大帽檐遮了脸儿。他说在水门汀上作画颇不容易；最怕下雨，几分钟的雨也许毁了整天的工作。他说总想有朝一日再到戏台上去。

画丐外有乐丐。牛津街见过一个，开着话匣子，似乎是坐在三轮自行车上；记得颇有些堂哉皇也的神气。复活节星期五在冷街中却见过一群，似乎一人推着风琴，一人按着，一人高唱《颂圣歌》——那推琴的也和着。这群人样子却就狼狈了。据说话匣子等等都是赁来；他们大概总有得赚的。另一条冷街上见过一个男的带着两个女的，穿着得像刚从垃圾堆里出来似的。一个女的还抹着胭脂，简直是一块块红土！男的奏乐，女的乱七八糟的跳舞，在刚下完雨泥滑滑的马路上。这种女乞丐像很少。又见过一个拉小提琴的人，似乎很年轻，很文雅，向着步道上的过客站着。

右手本来抱着个小猴儿；拉琴时先把它抱在左肩头蹲着。拉了没几弓子，猴儿尿了；他只若无其事，让衣服上淋淋漓漓的。

牛津街上还见过一个，那真狼狈不堪。他大概赁话匣子等等的力量都没有；只找了块板儿，三四尺长，五六寸宽，上面安上条弦子，用只玻璃水杯将弦子绷起来。把板儿放在街沿下，便蹲着，两只手穿梭般弹奏着。那是明灯初上的时候，步道上人川流不息：一双双脚从他身边匆匆的跨过去，看见他的似乎不多。街上汽车声脚步声谈话声混成一片，他那独弦的细声细气，怕也不容易让人听见。可是他还是埋着头弹他那一手。

几年前一个朋友还见过背诵狄更斯小说的。大家正在戏园门口排着班等买票；这个人在旁背起《块肉余生述》来，一边念，一边还做着。这该能够多找几个子儿，因为比那些话匣子等等该有趣些。

警察禁止空手空口的乞丐，乞丐便都得变做卖艺人。若是无艺可卖，手里也得拿点东西，如火柴皮鞋带之类。路角落里常有男人或女人拿着这类东西默默站着，脸上大都是黯淡的。其实卖艺，卖物，大半也是幌子；不过到底教人知道自尊些，不许不做事白讨钱。只有瞎子，可以白讨钱。他们站着或坐着；胸前有时挂一面纸牌子，写着“盲人”。又有一种人，在乞丐非乞丐之间。有一回找一家杂耍场不着，请教路角上一个老者。他殷勤领着走，一面说刚失业，没钱花，要我帮个忙儿。给了五个便士（约合中国三毛钱），算是酬劳，他还争呢。其实只有二三百步路罢了。跟着走，诉苦，白讨钱的，只遇着一次；那里街灯很暗，没有警察，路上人也少，我又是外国人，他所以厚了脸皮，放了胆子——他自然不是瞎子。

圣诞节

十二月二十五日圣诞节。英国人过圣诞节，好像我们旧历年的味儿。习俗上宗教上，这一日简直就是“元旦”；据说七世纪时便已如此，十四世纪至十八世纪中叶，虽然将“元旦”改到三月二十五日，但是以后情形又照旧了。至于一月一日，不过名义上的岁首，他们向来是不大看重的。

这年头人们行乐的机会越过越多，不在乎等到逢年过节；所以年情节景一回回地淡下去，像从前那样热狂地期待着，热狂地受用着的事情，怕只在老年人的回忆，小孩子的想象中存在着罢了。大都市里特别是这样；在上海就看得出，不用说更繁华的伦敦了。再说这种不景气的日子，谁还有心肠认真找乐儿？所以虽然圣诞节，大家也只点缀点缀，应个景儿罢了。

可是邮差却忙坏了，成千成万的贺片经过他们的手。贺片之外还有月份牌。这种月份牌一点儿大，装在卡片上，也有画，也有吉语。花样也不少，却比贺片差远了。贺片分两种，一种填上姓名，一种印上姓名。交游广的用后一种，自然贵些；据说前些年也得勾心斗角地出花样，这一年却多半简简单单的，为的好省些钱。前一种却不同，各家书纸店得抢买主，所以花色比以先还多些。不过据说也没有十二分新鲜出奇的样子，这个究竟只是应景的玩意儿呀。但是在一个外国人眼里，五光十色，也就够瞧的。曾经到旧城一家大书纸店里看过，样本厚厚的四大册，足有三千种之多。

样本开头是皇家贺片：英王的是圣保罗堂图；王后的内外两幅画，其一是花园图；威尔士亲王的是候人图；约克公爵夫妇的是一六六〇年圣詹姆士公园冰戏图；马利公主的是行猎图。圣保罗堂庄严宏大，下临伦敦城；园里的花透着上帝的微笑；候人比喻好运气和欢乐在人生的大道上等着你；圣詹姆士公园（在圣詹姆士宫南）代表宫廷，溜冰和行猎代表英国人运动的嗜好。那幅溜冰图古色古香，而且十足神气。这些贺片原样很大，也有小号的，谁都可以买来填上自己名字寄给人。此外有全金色的，晶莹照眼；有“蝴蝶翅”的，闪闪的宝蓝光；有雕空嵌花纱的，玲珑剔透，如嚼冰雪。又有羊皮纸仿四折本的；嵌铜片小风车的；嵌彩玻璃片圣母像的；嵌剪纸的鸟的；在猫头鹰头上粘羊毛的：都为的教人有实体感。

太太们也忙得可以的，张罗着亲戚朋友丈夫孩子的礼物，张罗着装饰屋子，圣诞树，火鸡等等。节前一个礼拜，每天电灯初亮时上牛津街一带去看，步道上挨肩擦背匆匆来往的满是办年货的；不用说是太太们多。装饰屋子有两件东西不可没有，便是冬青和“苹果寄生”（mistletoe）的枝子。前者教堂里也用；后者却只用在人家里；大都插在高处。冬青取其青，有时还带着小红果儿；用以装饰圣诞节，由来已久，有人疑心是基督教徒从罗马风俗里捡来的。苹果寄生带着白色小浆果儿，却是英国土俗，至晚十七世纪初就用它了。从前在它底下，少年男人可以和任何女子接吻；但接吻后他得摘掉一粒果子。果子摘完了，就不准再在下面接吻了。

圣诞树也有种种装饰，树上挂着给孩子们的礼物，装饰的繁简大约看人家的情形。我在朋友的房东太太家看见的只是小小一株；据说从乌尔乌斯三六公司（货价只有三便士六便士两码）买来，才六便士，合四五毛钱。可是放在餐桌上，青青的，的里瓜拉挂着些耀眼的玻璃球儿，绕着树更安排些“哀斯基摩人”一类小玩意，也热热闹闹地凑趣儿。圣诞树的风俗是从德国来的；德国也许是从斯堪的那维亚传下来的。斯堪的那维亚神话里有所谓世界树，叫做“乙格抓西儿”（Yggdrasil），用根和枝子联系着天地幽冥三界。这是株枯树，可是滴着蜜。根下是诸德之泉；树中间坐着一只鹰，一只松鼠，四只公鹿；根旁一条毒蛇，老是啃着根。松鼠上下窜，在顶上的鹰与聪敏的毒蛇之间挑拨是非。树震动不得，震动了，地底下的妖魔便会起来捣乱。想着这段神话，现在的圣诞树真是更显得温暖可亲了。圣诞树和那些冬青，苹果寄生，到了来年六日一齐烧去；烧的时候，在场的都动手，为的是分点儿福气。

圣诞节的晚上，在朋友的房东太太家里。照例该吃火鸡，酸梅布丁；那位房东太太手头颇窘，却还卖了几件旧家具，买了一只二十二磅重的大火鸡来过节。可惜女仆不小心，烧枯了一点儿；老太太自个儿唠叨了几句，大节下，也就算了。可是火鸡味道也并不怎样特别似的。吃饭时候，大家一面扔纸球，一面扯花炮——两个人扯，有时只响一下，有时还夹着小纸片儿，多半是带着“爱”字儿的吉语。饭后做游戏，有音乐椅子（椅子数目比人少一个；乐声止时，众人抢着坐），掩目吹蜡烛，抓瞎，抢人（分队），抢气球等等，大家居然一团孩子气。最后还有跳舞。这一晚过去，第二天差不多什么都照旧了。

新年大家若无其事地过去；有些旧人家愿意上午第一个进门的是个头发深气色黑些的人，说这样人带进新年是吉利的。朋友的房东太太那早晨特意通电话请一家熟买卖的掌柜上她家去；他正是这样的人。新年也卖历本；人家常用的是老摩尔历本（Old Moore’s Almanack），书纸店里买，价钱贱，只两便士。这一年的，面上印着“乔治王陛下登极第二十三年”；有一块小图，画着日月星地球，地球外一个圈儿，画着黄道十二宫的像，如“白羊”“金牛”“双子”等。古来星座的名字，取像于人物，也另有风味。

历本前有一整幅观象图，题道，“将来怎样？”“老摩尔告诉你”。从图中看，老摩尔创于一千七百年，到现在已经二百多年了。每月一面，上栏可以说是“推背图”，但没有神秘气；下栏分日数，星期，大事记，日出没时间，月出没时间，伦敦潮汛，时事预测各项。此外还有月盈缺表，各港潮汛表，行星运行表，三岛集期表，邮政章程，大路规则，做点心法，养家禽法，家事常识。广告也不少，卖丸药的最多，满是给太太们预备的；因为这种历本原是给太太们预备的。

房东太太

歇卜士太太（Mrs. Hibbs）没有来过中国，也并不怎样喜欢中国，可是我们看，她有中国那老味儿。她说人家笑她母女是维多利亚时代的人，那是老古板的意思；但她承认她们是的，她不在乎这个。

真的，圣诞节下午到了她那间黯淡的饭厅里，那家具，那人物，那谈话，那是古气盎然，不像在现代。这时候她还住在伦敦北郊芬乞来路（Finchley Road）。那是一条阔人家的路；可是她的房子已经抵押满期，经理人已经在她门口路边上立了一座木牌，标价招买，不过半年多还没人过问罢了。那座木牌，和篮球架子差不多大，只是低些；一走到门前，准看见。晚餐桌上，听见厨房里尖叫了一声，她忙去看了，回来说，火鸡烧枯了一点，可惜，二十二磅重，还是卖了几件家具买的呢。她可惜的是火鸡，倒不是家具；但我们一点没吃着那烤枯了的地方。

她爱说话，也会说话，一开口滔滔不绝；押房子，卖家具等等，都会告诉你。但是只高高兴兴地告诉你，至少也平平淡淡地告诉你，决不垂头丧气，决不唉声叹气。她说话是个趣味，我们听话也是个趣味（在她的话里，她死了的丈夫和儿子都是活的，她的一些住客也是活的）；所以后来虽然听了四个多月，倒并不觉得厌倦。有一回早餐时候，她说有一首诗，忘记是谁的，可以作她的墓铭，诗云：

这儿一个可怜的女人，

她在世永没有住过嘴。

上帝说她会复活，

我们希望她永不会。

其实我们倒是希望她会的。

道地的贤妻良母，她是；这里可以看见中国那老味儿。她原是个阔小姐，从小送到比利时受教育，学法文，学钢琴。钢琴大约还熟，法文可生疏了。她说街上如有法国人向她问话，她想起答话的时候，那人怕已经拐了弯儿了。结婚时得着她姑母一大笔遗产；靠着这笔遗产，她支持了这个家庭二十多年。歇卜士先生在剑桥大学毕业，一心想作诗人，成天住在云里雾里。他二十年只在家里待着，偶然教几个学生。他的诗送到剑桥的刊物上去，原稿却寄回了，附着一封客气的信。他又自己花钱印了一小本诗集，封面上注明，希望出版家采纳印行，但是并没有什么回响。太太常劝先生删诗行，譬如说，四行中可以删去三行罢；但是他不肯割爱，于是乎只好敝帚自珍了。

歇卜士先生却会说好几国话。大战后太太带了先生小姐，还有一个朋友去逛意大利；住旅馆雇船等等，全交给诗人的先生办，因为他会说意大利话。幸而没出错儿。临上火车，到了站台上，他却不见了。眼见车就要开了，太太这一急非同小可，又不会说给别人，只好教小姐去张看，却不许她远走。好容易先生钻出来了，从从容容的，原来他上"更衣室"来着。

太太最伤心她的儿子。他也是大学生，长的一表人才。大战时去从军；训练的时候偶然回家，非常爱惜那庄严的制服，从不教它有一个褶儿。大战快完的时候，却来了恶消息，他尽了他的职务了。太太最伤心的是这个时候的这种消息，她在举世庆祝休战声中，迷迷糊糊过了好些日子。后来逛意大利，便是解闷儿去的。她那时甚至于该领的恤金，无心也不忍去领——等到限期已过，即使要领，可也不成了。

小姐现在是她惟一的亲人；她就为这个女孩子活着。早晨一块儿拾掇拾掇屋子，吃完了早饭，一块儿上街散步，回来便坐在饭厅里，说说话，看看通俗小说，就过了一天。晚上睡在一屋里。

一星期也同出去看一两回电影。小姐大约有二十四五了，高个儿，总在五英尺十寸左右；蟹壳脸，露牙齿，脸上倒是和和气气的。爱笑，说话也天真得像个十二三岁小姑娘。先生死后，他的学生爱利斯（Ellis）很爱歇卜士太太，几次想和她结婚，她不肯。爱利斯是个传记家，有点小名气。那回诗人德拉梅在伦敦大学院讲文学的创造，曾经提到他的书。他很高兴，在歇卜士太太晚餐桌上特意说起这个。但是太太说他的书干燥无味，他送来，她们只翻了三五页就搁在一边儿了。她说最恨猫怕狗，连书上印的狗都怕，爱利斯却养着一大堆。她女儿最爱电影，爱利斯却瞧不起电影。她的不嫁，怎么穷也不嫁，一半为了女儿。

这房子招徕住客，远在歇卜士先生在世时候。那时只收一个人，每日供早晚两餐，连宿费每星期五镑钱，合八九十元，够贵的。广告登出了，第一个来的是日本人，他们答应下了。第二天又来了个西班牙人，却只好谢绝了。从此住这所房的总是日本人多；先生死了，住客多了，后来竟有“日本房”的名字。这些日本人有一两个在外边有女人，有一个还让女人骗了，他们都回来在饭桌上报告，太太也同情的听着。有一回，一个人忽然在饭桌上谈论自由恋爱，而且似乎是冲着小姐说的。这一来太太可动了气。饭后就告诉那个人，请他另外找房住。这个人走了，可是日本人有个俱乐部，他大约在俱乐部里报告了些什么，以后日本人来住的便越过越少了。房间老是空着，太太的积蓄早完了；还只能在房子上打主意，这才抵押了出去。那时自然盼望赎回来，可是日子一天一天过去，情形并不见好。房子终于标卖，而且圣诞节后不久，便卖给一个犹太人了。她想着年头不景气，房子且没人要呢，哪知犹太人到底有钱，竟要了去，经理人限期让房。快到期了，她直说来不及。经理人又向法院告诉，法院出传票教她去。她去了，女儿搀扶着；她从来没上过堂，法官说欠钱不让房，是要坐牢的。她又气又怕，几乎昏倒在堂上；结果只得答应了加紧找房。这种种也都是为了女儿，她可一点儿不悔。

她家里先后也住过一个意大利人，一个西班牙人，都和小姐做过爱；那西班牙人并且和小姐定过婚，后来不知怎样解了约。小姐倒还惦着他，说是“身架真好看！”太太却说，“那是个坏家伙！”后来似乎还有个“坏家伙”，那是太太搬到金树台的房子里才来住的。他是英国人，叫凯德，四十多了。先是作公司兜售员，沿门兜售电气扫除器为生。有一天撞到太太旧宅里去了，他要表演扫除器给太太看，太太拦住他，说不必，她没有钱；她正要卖一批家具，老卖不出去，烦着呢。凯德说可以介绍一家公司来买；那一晚太太很高兴，想着他定是个大学毕业生。没两天，果然介绍了一家公司，将家具买去了。他本来住在他姊姊家，却搬到太太家来了。他没有薪水，全靠兜售的佣金；而电气扫除器那东西价钱很大，不容易脱手。所以便干搁起来了。这个人只是个买卖人，不是大学毕业生。大约穷了不止一天，他有个太太，在法国给人家看孩子，没钱，接不回来；住在姊姊家，也因为穷，让人家给请出来了。搬到金树台来，起初整付了一回房饭钱，后来便零碎的半欠半付，后来索性付不出了。不但不付钱，有时连午饭也要叨光。如是者两个多月，太太只得将他赶了出去。回国后接着太太的信，才知道小姐却有点喜欢凯德这个“坏蛋”，大约还跟他来往着。太太最提心这件事，小姐是她的命，她的命决不能交在一个“坏蛋”手里。

小姐在芬乞来路时，教着一个日本太太英文。那时这位日本太太似乎非常关心歇卜士家住着的日本先生们，老是问这个问那个的；见了他们，也很亲热似的。歇卜士太太瞧着不大顺眼，她想着这女人有点儿轻狂。凯德的外甥女有一回来了，一个摩登少女。她照例将手绢掖在袜带子上，拿出来用时，让太太看在眼里。后来背地里议论道，“这多不雅相！”太太在小事情上是很敏锐的。有一晚那爱尔兰女仆端菜到饭厅，没有戴白帽檐儿。太太很不高兴，告诉我们，这个侮辱了主人，也侮辱了客人。但那女仆是个“社会主义”的贪婪的人，也许匆忙中没想起戴帽檐儿；压根儿她怕就觉得戴不戴都是无所谓的。记得那回这女仆带了男朋友到金树台来，是个失业的工人。当时刚搬了家，好些零碎事正得一个人。太太便让这工人帮帮忙，每天给点钱。这原是一举两得，各厢情愿的。不料女仆却当面说太太揩了穷小子的油。太太听说，简直有点莫名其妙。

太太不上教堂去，可是迷信。她虽是新教徒，可是有一回丢了东西，却照人家传给的法子，在家点上一支蜡，一条腿跪着，口诵安东尼圣名，说是这么着东西就出来了。拜圣者是旧教的花样，她却不管。每回作梦，早餐时总翻翻占梦书。她有三本占梦书；有时她笑自己；三本书说的都不一样，甚至还相反呢。喝碗茶，碗里的茶叶，她也爱看；看像什么字头，便知是姓什么的来了。她并不盼望访客，她是在盼望住客啊。到金树台时，前任房东太太介绍一位英国住客继续住下。但这位半老的住客却嫌客人太少，女客更少，又嫌饭桌上没有笑，没有笑话，只看歇卜士太太的独角戏，老母亲似的唠唠叨叨，总是那一套。他终于托故走了，搬到别处去了。我们不久也离开英国，房子于是乎空空的。去年接到歇卜士太太来信，她和女儿已经作了人家管家老妈了；“维多利亚时代”的上流妇人，这世界已经不是她的了。

初到清华记

从前在北平读书的时候，老在城圈儿里待着。四年中虽也游过三五回西山，却从没来过清华；说起清华，只觉得很远很远而已。那时也不认识清华人，有一回北大和清华学生在青年会举行英语辩论，我也去听。清华的英语确是流利得多，他们胜了。那回的题目和内容，已忘记干净；只记得复辩时，清华那位领袖很神气，引着孔子的什么话。北大答辩时，开头就用了 furiously[①] 一个字叙述这位领袖的态度。这个字也许太过，但也道着一点儿。那天清华学生是坐大汽车进城的，车便停在青年会前头；那时大汽车还很少。那是冬末春初，天很冷。一位清华学生在屋里只穿单大褂，将出门却套上厚厚的皮大氅。这种“行”和“衣”的路数，在当时却透着一股标劲儿。

初来清华，在十四年夏天。刚从南方来北平，住在朝阳门边一个朋友家。那时教务长是张仲述先生，我们没见面。我写信给

① furiously：意思是猛烈地、狂暴地。

他，约定第三天上午去看他。写信时也和那位朋友商量过，十点赶得到清华么，从朝阳门那儿？他那时已经来过一次，但似乎只记得“长林碧草”，——他写到南方给我的信这么说——说不出路上究竟要多少时候。他劝我八点动身，雇洋车直到西直门换车，免得老等电车，又换来换去的，耽误事。那时西直门到清华只有洋车直达；后来知道也可以搭香山汽车到海甸再乘洋车，但那是后来的事了。

第三天到了，不知是起得晚了些还是别的，跨出朋友家，已经九点挂零。心里不免有点儿急，车夫走的也特别慢似的。到西直门换了车。据车夫说本有条小路，雨后积水，不通了；那只得由正道了。刚出城一段儿还认识，因为也是去万牲园的路；以后就茫然。到黄庄的时候，瞧着些屋子，以为一定是海甸了；心里想清华也就快到了吧，自己安慰着。快到真的海甸时，问车夫，“到了吧？”“没哪。这是海——甸。”这一下更茫然了。海甸这么难到，清华要何年何月呢？而车夫说饿了，非得买点儿吃的。吃吧，反正豁出去了。这一吃又是十来分钟。说还有三里多路呢。那时没有燕京大学，路上没什么看的，只有远处淡淡的西山——那天没有太阳——略略可解闷儿。好容易过了红桥，喇嘛庙，渐渐看见两行高柳，像穹门一般。十刹海的垂杨虽好，但没有这么多这么深，那时路上只有我一辆车，大有长驱直入的神气。柳树前一面牌子，写着“入校车马缓行”；这才真到了，心里想，可是大门还够远的，不用说西院门又骗了我一次，又是六七分钟，才真真到了。坐在张先生客厅里一看钟，十二点还欠十五分。

张先生住在乙所，得走过那“长林碧草”，那浓绿真可醉人。张先生客厅里挂着一副有正书局印的邓完白隶书长联。我有一个会写字的同学，他喜欢邓完白，他也有这一副对联；所以我这时如见故人一般。张先生出来了。他比我高得多，脸也比我长得多，一眼看出是个顶能干的人。我向他道歉来得太晚，他也向我道歉，说刚好有个约会，不能留我吃饭。谈了不大工夫，十二点过了，我告辞。到门口，原车还在，坐着回北平吃饭去。过了一两天，我就搬行李来了。这回却坐了火车，是从环城铁路朝阳门站上车的。

以后城内城外来往的多了，得着一个诀窍；就是在西直门一上洋车，且别想“到”清华，不想着不想着也就到了。——香山汽车也搭过一两次，可真够瞧的，两条腿有时候简直无放处，恨不得不是自己的。有一回，在海甸下了汽车，在现在“西园”后面那个小饭馆里，拣了临街一张四方桌，坐在长凳上，要一碟苜蓿肉，两张家常饼，二两白玫瑰，吃着喝着，也怪有意思；而且还在那桌上写了《我的南方》一首歪诗。那时海甸到清华一路常有穷女人或孩子跟着车要钱。他们除“您修好”等等常用语句外，有时会说“您将来做校长”，这是别处听不见的。

论无话可说

十年前我写过诗；后来不写诗了，写散文；入中年以后，散文也不大写得出了——现在是，比散文还要“散”的无话可说！许多人苦于有话说不出，另有许多人苦于有话无处说；他们的苦还在话中，我这无话可说的苦却在话外。我觉得自己是一张枯叶，一张烂纸，在这个大时代里。

在别处说过，我的“忆的路”是“平如砥”“直如矢”的；我永远不曾有过惊心动魄的生活，即使在别人想来最风华的少年时代。我的颜色永远是灰的。我的职业是三个教书；我的朋友永远是那么几个，我的女人永远是那么一个。有些人生活太丰富了，太复杂了，会忘记自己，看不清楚自己，我是什么时候都“了了玲玲地”知道，记住，自己是怎样简单的一个人。

但是为什么还会写出诗文呢？——虽然都是些废话。这是时代为之！十年前正是五四运动的时期，大伙儿蓬蓬勃勃的朝气，紧逼着我这个年轻的学生；于是乎跟着人家的脚印，也说说什么自然，什么人生。但这只是些范畴而已。我是个懒人，平心而论，又不曾遭过怎样了不得的逆境；既不深思力索，又未亲自体验，范畴终于只是范畴，此处也只是廉价的，新瓶里装旧酒的感伤。当时芝麻黄豆大的事，都不惜郑重地写出来，现在看看，苦笑而已。

先驱者告诉我们说自己的话。不幸这些自己往往是简单的，说来说去是那一套；终于说的听的都腻了。——我便是其中的一个。这些人自己其实并没有什么话，只是说些中外贤哲说过的和并世少年将说的话。真正有自己的话要说的是不多的几个人；因为真正一面生活一面吟味那生活的只有不多的几个人。一般人只是生活，按着不同的程度照例生活。

这点简单的意思也还是到中年才觉出的；少年时多少有些热气，想不到这里。中年人无论怎样不好，但看事看得清楚，看得开，却是可取的。这时候眼前没有雾，顶上没有云彩，有的只是自己的路。他负着经验的担子，一步步踏上这条无尽的然而实在的路。他回看少年人那些情感的玩意，觉得一种轻松的意味。他乐意分析他背上的经验，不止是少年时的那些；他不愿远远地捉摸，而愿剥开来细细地看。也知道剥开后便没了那跳跃着的力量，但他不在乎这个，他明白在冷静中有他所需要的。这时候他若偶然说话，决不会是感伤的或印象的，他要告诉你怎样走着他的路，不然就是，所剥开的是些什么玩意。但中年人是很胆小的；他听别人的话渐渐多了，说了的他不说，说得好的他不说。所以终于往往无话可说——特别是一个寻常的人像我。但沉默又是寻常的人所难堪的，我说苦在话外，以此。

中年人若还打着少年人的调子，——姑不论调子的好坏——原也未尝不可，只总觉“像煞有介事”。他要用很大的力量去写出那冒着热气或流着眼泪的话；一个神经敏锐的人对于这个是不容易忍耐的，无论在自己在别人。这好比上了年纪的太太小姐们还涂脂抹粉地到大庭广众里去卖弄一般，是殊可不必的了。

其实这些都可以说是废话，只要想一想咱们这年头。这年头要的是“代言人”，而且将一切说话的都看作“代言人”；压根儿就无所谓自己的话。这样一来，如我辈者，倒可以将从前狂妄之罪减轻，而现在是更无话可说了。

但近来在戴译《唯物史观的文学论》里看到，法国俗语“无话可说”竟与“一切皆好”同意。呜呼，这是多么损的一句话，对于我，对于我的时代！

外东消夏录

引　子

这个题目是仿的高士奇的《江村消夏录》。那部书似乎专谈书画，我却不能有那么雅，这里只想谈一些世俗的事。这回我从昆明到成都来消夏。消夏本来是避暑的意思。若照这个意思，我简直是闹笑话，因为昆明比成都凉快得多，决无从凉处到热处避暑之理。消夏还有一个新意思，就是换换生活，变变样子。这是外国想头，摩登想头，也有一番大道理。但在这战时，谁还该想这个！我们公教人员谁又敢想这个！可是既然来了，不管为了多俗的事，也不妨取个雅名字，马虎点儿，就算他消夏罢。谁又去打破沙缸问到底呢？

但是问到底的人是有的。去年参加昆明一个夏令营，营地观音山。七月二十三日便散营了。前一两天，有游客问起，我们向他说这是夏令营，就要结束了。他道，“就结束了？夏令完了吗？”这自然是俏皮话。问到底本有两种，一是“要奸心”，一是死心眼儿。若是要奸心的话，这儿消夏一词似乎还是站不住。因为动手写的今天是八月二十八日，农历七月初十日，明明已经不是夏天而是秋天。但“录”虽然在秋天，所“录”不妨在夏天；《消夏录》尽可以只录消夏的事，不一定为了消夏而录。还是马虎点儿算了。

外东一词，指的是东门外，跟外西，外南，外北是姊妹花的词儿。成都住的人都懂，但是外省人却弄不明白。这好像是个翻译的名词，跟远东、近东、中东挨肩膀儿。固然为纪实起见，我也可以用草庐或草堂等词，因为我的确住着草房。可是不免高攀诸葛丞相，杜工部之嫌，我怎么敢那样大胆呢？我家是住在一所尼庵里，叫做“尼庵消夏录”原也未尝不可，但是别人单看题目也许会大吃一惊，我又何必故作惊人之笔呢？因此马马虎虎写下“外东消夏录”这个老老实实的题目。

夜大学

四川大学开办夜校，值得我们注意。我觉得与其匆匆忙忙新办一些大学或独立学院，不重质而重量，还不如让一些有历史的大学办办夜校的好。

眉毛高的人也许觉得夜校总不像一回事似的。但是把毕业年限定得长些，也就差不多。东吴大学夜校的成绩好像并不坏。大学教育固然注重提高，也该努力普及，普及也是大学的职分。现代大学不应该像修道院，得和一般社会打成一片才是道理。况且中国有历史的大学不多，更是义不容辞的得这么办。

现在百业发展，从业员增多，其中尽有中学毕业或具有同等学历，有志进修无门可入的人。这些人往往将有用的精力消磨在无聊的酬应和不正当的娱乐上。有了大学夜校，他们便有机会增进自己的学识技能。这也就可以增进各项事业的效率，并澄清社会的恶浊空气。

普及大学教育，有夜校，也有夜班，都得在大都市里，才能有足够的从业员来应试入学。入夜校可以得到大学毕业的资格或学位，入夜班却只能得到专科的资格或证书。学位的用处久经规定，专科资格或证书，在中国因从未办过大学夜班，还无人考虑它们的用处。现时只能办夜校；要办夜班，得先请政府规定夜班毕业的出身才成。固然有些人为学问而学问，但各项从业员中这种人大概不多，一般还是功名心切。就这一般人论，用功名来鼓励他们向学，也并不错。大学生选系，不想到功名或出路的又有多少呢？这儿我们得把眉毛放低些。

四川大学夜校分中国文学、商学、法律三组。法律组有东吴的成例，商学是当今的显学，都在意中。只有中国文学是冷货，居然三分天下有其一，好像出乎意外。不过虽是夜校，却是大学，若全无本国文化的科目，未免难乎其为大，这一组设置可以说是很得体的。这样分组的大学夜校还是初试，希望主持的人用全力来办，更希望就学的人不要三心二意的闹个半途而废才好。

人和书

“人和书”是个好名字，王楷元先生的小书取了这个名字，见出他的眼光和品味。

人和书，大而言之就是世界。世界上哪一桩事离开了人？又哪一桩事离得了书？我是说世界是人所知的一切。知者是人，自然离不了人；有知必录，便也离不开书。小而言之，人和书就是历史，人和书造成了历史；再小而言之就是传记，就是王先生这本书叙述和评论的。传记有大幅，有小品，有工笔，有漫画。这本书是小品，是漫画。虽然是大大的圈儿里一个小小的圈儿，可是不含糊是在大圈儿里，所叙的虽小，所见的却大。

这本书分三部分。第一部分是传记，第三部分也是片段的传记，第二部分评介的著作还是传记。王先生有意“引起读者研读传记的兴趣”，自序里说得明白。撰录近代和现代名人轶事，所谓笔记小说，传统很长。这个传统移植到报纸上，也已多年。可见一般人原是喜欢这种小品的。但是“五四”以来，“现在”遮掩了“过去”，一般青年人减少了历史的兴味，对于这类小品不免冷淡了些。他们可还喜欢简短零星的文坛消息等等，足见到底不能离开人和书。

自序里希望读者“对于伟大人物，由景慕而进于效法，人人以圣贤自许，猛勇精进”。这是一个宏愿。近来在《美国文摘》里见到一文，叙述一位作家叫小亚吉尔的，如何因《褴褛的狄克》一部书而成名，如何专写贫儿努力致富的故事，风行全国，鼓舞人心。他写的是“工作和胜利，上进和前进的故事”，在美国文学中创一新派。他的时代虽然在一九二九年以前就过去了，但是许多自己造就的人都还纪念着他的书的深广的影响。可见文学的确有促进人生的力量。王先生的宏愿是可以达成的，有志者大家自勉好了。

成都诗

据说成都是中国第四大城。城太大了，要指出它的特色倒不易。说是有些像北平，不错，有些个。既像北平，似乎就不成其为特色了？然而不然，妙处在像而不像。我记得一首小诗，多少能够抓住这一点儿，也就多少能够抓住这座大城。

这是易君左先生的诗，题目好像就是“成都”两个字。诗道：

细雨成都路，微尘护落花。据门撑古木，绕屋噪栖鸦。入暮旋收市，凌晨即品茶。承平风味足，楚客独兴嗟。

住过成都的人该能够领略这首诗的妙处。它抓住了成都的闲味。北平也闲得可以的，但成都的闲是成都的闲，像而不像，非细辨不知。

“绕屋噪栖鸦”，自然是那些“据门撑”着的“古木”上栖鸦在噪着。这正是“入暮”的声音和颜色。但是吵着的东南城有时也许听不见，西北城人少些，尤其住宅区的少城，白昼也静悄悄的，该听得清楚那悲凉的叫唤罢。

成都春天常有毛毛雨，而成都花多，爱花的人家也多，毛毛雨的春天倒正是养花天气。那时节真所谓“天街小雨润如酥”，路相当好，有点泥滑滑，却不至于“行不得也哥哥”。缓缓的走着，呼吸着新鲜而润泽的空气，叫人闲到心里，骨头里。若是在庭园中踱着，时而看见一些落花，静静的飘在微尘里，贴在软地上，那更闲得没有影儿。

成都旧宅于门前常栽得有一株泡洞树或黄桷树，粗而且大，往往叫人只见树，不见屋，更不见门洞儿。说是“撑”，一点儿不冤枉，这些树戆粗偃蹇，老气横秋，北平是见不着的。可是这些树都上了年纪，也只闲闲的“据”着“撑”着而已。

成都收市真早。前几年初到，真搞不惯；晚八点回家，街上铺子便劈劈拍拍一片上门声，暗暗淡淡的，够惨。“早睡早起身体好”，农业社会的习惯，其实也不错。这儿人起的也真早，“入暮旋收市，凌晨即品茶”，是不折不扣的实录。

北平的春天短而多风尘，人家门前也有树，可是成行的多，独据的少。有茶楼，可是不普及，也不够热闹的。北平的闲又是一副格局，这里无须详论。“楚客”是易先生自称。他“兴嗟”于成都的“承平风味”。但诗中写出的“承平风味”，其实无伤于抗战；我们该嗟叹的恐怕是别有所在的。我倒是在想，这种“承平风味”战后还能“承”下去不能呢？在工业化的新中国里，成都这座大城该不能老是这么闲着罢。

蛇尾

动手写《引子》的时候，一鼓作气，好像要写成一本书。但是写完了上一段，不觉再三衰竭了。到底已是秋天，无夏可消，也就“录”不下去了。古人说得好，“乘兴而来，兴尽而返”，只好以此解嘲。这真是蛇尾，虽然并不见虎头。本想写完上段就戛然而止，来个神龙见首不见尾。可是虎头还够不上，还闹什么神龙呢？话说回来，虎头既然够不上，蛇尾也就称不得，老实点，称为蛇足，倒还有个样儿。

论做作

做作就是“佯”，就是“乔”，也就是“装”。苏北方言有“装佯”的话，“乔装”更是人人皆知。旧小说里女扮男装是乔装，那需要许多做作。难在装得像。只看坤角儿扮须生的，像的有几个？何况做戏还只在戏台上装，一到后台就可以照自己的样儿，而女扮男装却得成天儿到处那么看！侦探小说里的侦探也常在乔装，装得像也不易，可是自在得多。不过——难也罢，易也罢，人反正有时候得装。其实你细看，不但“有时候”，人简直就爱点儿装。“三分模样七分装”是说女人，男人也短不了装，不过不大在模样上罢了。装得像难，装得可爱更难；一番努力往往只落得个“矫揉造作！”所以“装”常常不是一个好名儿。

“一个做好，一个做歹”，小呢逼你出些码头钱，大呢就得让你去做那些不体面的尴尬事儿。这已成了老套子，随处可以看见。那做好的是装做好，那做歹的也装得格外歹些；一松一紧的拉住你，会弄得你啼笑皆非。这一套儿做作够受的。贫和富也可以装。贫寒人怕人小看他，家里尽管有一顿没一顿的，还得穿起好衣服在街上走，说话也满装着阔气，什么都不在乎似的。——所谓“苏空头”。其实“空头”也不止苏州有。——有钱人却又怕人家打他的主意，开口闭口说穷，他能特地去当点儿什么，拿当票给人家看。这都怪可怜见的。还有一些人，人面前老爱论诗文，谈学问，仿佛天生他一副雅骨头。装斯文其实不能算坏，只是未免“雅得这样俗”罢了。

有能耐的人，有权位的人有时不免“装模作样”“装腔作势”。马上可以答应的，却得“考虑考虑”；直接可以答应的，却让你绕上几个大弯儿。论地位也只是“上不在天，下不在田”，而见客就不起身，只点点头儿，答话只喉咙里哼一两声儿。谁教你求他，他就是这么着！——“笑骂由他笑骂，好官儿什么的我自为之！”话说回来，拿身份，摆架子有时也并非全无道理。老爷太太在仆人面前打情骂俏，总不大像样，可不是得装着点儿？可是，得恰到分际，“过犹不及”。总之别忘了自己是谁！别尽拣高枝爬，一失脚会摔下来的。老想着些自己，谁都装着点儿，也就不觉得谁在装。所谓“装模作样”“装腔作势”。却是特别在装别人的模样，别人的腔和势！为了抬举自己，装别人；装不像别人，又不成其为自己，也怪可怜见的。

“不痴不聋，不作阿姑阿翁”，有些事大概还是装聋作哑的好。倒不是怕担责任，更不是存着什么坏心眼儿。有些事是阿姑阿翁该问的，值得问的，自然得问；有些是无需他们问的，或值不得他们问的，若不痴不聋，事必躬亲，阿姑阿翁会做不成，至少也会不成其为阿姑阿翁。记得那儿说过美国一家大公司经理，面前八个电话，每天忙累不堪，另一家经理，室内没有电话，倒是从容不迫的。这后一位经理该是能够装聋作哑的人。“不闻不问”，有时候该是一句好话；“充耳不闻”“闭目无睹”，也许可以作“无为而治”的一个注脚。其实无为多半也是装出来的。至于装作不知，那更是现代政治家外交家的惯技，报纸上随时看得见。——他们却还得勾心斗角的“做姿态”，大概不装不成其为政治家外交家罢？

装欢笑，装悲泣，装嗔，装恨，装惊慌，装镇静，都很难；固然难在像，有时还难在不像而不失自然。“小心赔笑”也许能得当局的青睐，但是旁观者在恶心。可是“强颜为欢”，有心人却领会那欢颜里的一丝苦味。假意虚情的哭泣，像旧小说里妓女向客人那样，尽管一把眼泪一把鼻涕的，也只能引起读者的微笑。——倒是那“忍泪佯低面”，教人老大不忍。佯嗔薄怒是女人的“作态”，作得恰好是爱娇，所以《乔醋》是一折好戏。

爱极翻成恨，尽管“恨得人牙痒痒的”，可是还不失为爱到极处。“假意惊慌”似乎是旧小说的常语，事实上那“假意”往往露出马脚。镇静更不易，秦舞阳心上有气脸就铁青，怎么也装不成，荆轲的事，一半儿败在他的脸上。淝水之战谢安装得够镇静的，可是不觉得意忘形摔折了屐齿。所以一个人喜怒不形于色，真够一辈子半辈子装的。

《乔醋》是戏，其实凡装，凡做作，多少都带点儿戏味——有喜剧，有悲剧。孩子们爱说“假装”这个，“假装”那个，戏味儿最厚。他们认真“假装”，可是悲喜一场，到头儿无所为。成人也都认真的装，戏味儿却淡薄得多；戏是无所为的，至少扮戏中人的可以说是无所为，而人们的做作常常是有所为的。所以戏台上装得像的多，人世间装得像的少。戏台上装得像就有叫好儿的，人世间即使装得像，逗人爱也难。逗人爱的大概是比较的少有所为或只消极的有所为的。前面那些例子，值得我们吟味，而装痴装傻也许是值得重提的一个例子。

作阿姑阿翁得装几分痴，这装是消极的有所为；“金殿装疯”也有所为，就是积极的。历来才人名士和学者，往往带几分傻气。那傻气多少有点儿装，而从一方面看，那装似乎不大有所为，至多也只是消极的有所为。陶渊明的“我醉欲眠卿且去”说是率真，是自然；可是看魏晋人的行径，能说他不带着几分装？不过装得像，装得自然罢了。阮嗣宗大醉六十日，逃脱了和司马昭做亲家，可不也一半儿醉一半儿装？他正是“喜怒不形于色”的人，而有一向当时人多说他痴，他大概是颇能做作的罢？

装睡装醉都只是装糊涂。睡了自然不说话，醉了也多半不说话——就是说话，也尽可以装疯装傻的，给他个驴头不对马嘴。

郑板桥最能懂得装糊涂，他那“难得糊涂”一个警句，真喝破了千古聪明人的秘密。还有善忘也往往是装傻，装糊涂；省麻烦最好自然是多忘记，而“忘怀”又正是一件雅事儿。至此为止，装傻，装糊涂似乎是能以逗人爱的；才人名士和学者之所以成为才人名士和学者，至少有几分就仗着他们那不大在乎的装劲儿能以逗人爱好。可是这些人也良莠不齐，魏晋名士颇有仗着装糊涂自私自利的。这就“在乎”了，有所为了，这就不再可爱了。在四川话里装糊涂称为“装疯迷窍”，北平话却带笑带骂的说“装蒜”，“装孙子”，可见民众是不大赏识这一套的——他们倒是下的稳着儿。

论气节

气节是我国固有的道德标准，现代还用着这个标准来衡量人们的行为，主要的是所谓读书人或士人的立身处世之道。但这似乎只在中年一代如此，青年代倒像不大理会这种传统的标准，他们在用着正在建立的新的标准，也可以叫做新的尺度。中年代一般的接受这传统，青年代却不理会它，这种脱节的现象是这种变的时代或动乱时代常有的。因此就引不起什么讨论。直到近年，冯雪峰先生才将这标准这传统作为问题提出，加以分析和批判：这是在他的《乡风与市风》那本杂文集里。

冯先生指出“士节”的两种典型：一是忠臣，一是清高之士。他说后者往往因为脱离了现实，成为“为节而节”的虚无主义者，结果往往会变了节。他却又说“士节”是对人生的一种坚定的态度，是个人意志独立的表现。因此也可以成就接近人民的叛逆者或革命家，但是这种人物的造就或完成，只有在后来的时代，例如我们的时代。冯先生的分析，笔者大体同意；对这个问题笔者近来也常常加以思索，现在写出自己的一些意见，也许可以补充冯先生所没有说到的。

气和节似乎原是两个各自独立的意念。《左传》上有“一鼓作气”的话，是说战斗的。后来所谓“士气”就是这个气，也就是“斗志”；这个“士”指的是武士。孟子提倡的“浩然之气”，似乎就是这个气的转变与扩充。他说“至大至刚”，说“养勇”，都是带有战斗性的。“浩然之气”是“集义所生”，“义”就是“有理”或“公道”。后来所谓“义气”，意思要狭隘些，可也算是“浩然之气”的分支。现在我们常说的“正义感”，虽然特别强调现实，似乎也还可以算是跟“浩然之气”联系着的。至于文天祥所歌咏的“正气”，更显然跟“浩然之气”一脉相承。不过在笔者看来两者却并不完全相同，文氏似乎在强调那消极的节。

节的意念也在先秦时代就有了，《左传》里有“圣达节，次守节，下失节”的话。古代注重礼乐，乐的精神是“和”，礼的精神是“节”。礼乐是贵族生活的手段，也可以说是目的。他们要定等级，明分际，要有稳固的社会秩序，所以要“节”，但是他们要统治，要上统下，所以也要“和”。礼以“节”为主，可也得跟“和”配合着；乐以“和”为主，可也得跟“节”配合着。节跟和是相反相成的。明白了这个道理，我们可以说所谓“圣达节”等等的“节”，是从礼乐里引申出来成了行为的标准或做人的标准；而这个节其实也就是传统的“中道”。按说“和”也是中道，不同的是“和”重在合，“节”重在分；重在分所以重在不犯不乱，这就带上消极性了。

向来论气节的，大概总从东汉末年的党祸起头。那是所谓处士横议的时代。在野的士人纷纷的批评和攻击宦官们的贪污政治，中心似乎在太学。这些在野的士人虽然没有严密的组织，却已经在联合起来，并且博得了人民的同情。宦官们害怕了，于是乎逮捕拘禁那些领导人。这就是所谓“党锢”或“钩党”，“钩”是“钩连”的意思。从这两个名称上可以见出这是一种群众的力量。那时逃亡的党人，家家愿意收容着，所谓“望门投止”，也可以见出人民的态度，这种党人，大家尊为气节之士。气是敢作敢为，节是有所不为——有所不为也就是不合作。这敢作敢为是以集体的力量为基础的，跟孟子的“浩然之气”与世俗所谓“义气”只注重领导者的个人不一样。后来宋朝几千太学生请愿罢免奸臣，以及明朝东林党的攻击宦官，都是集体运动，也都是气节的表现。但是这种表现里似乎积极的“气”更重于消极的“节”。

在专制时代的种种社会条件之下，集体的行动是不容易表现的，于是士人的立身处世就偏向了“节”这个标准。在朝的要做忠臣。这种忠节或是表现在冒犯君主尊严的直谏上，有时因此牺牲性命；或是表现在不做新朝的官甚至以身殉国上。忠而至于死，那是忠而又烈了。在野的要做清高之士，这种人表示不愿和在朝的人合作，因而游离于现实之外；或者更逃避到山林之中，那就是隐逸之士了。这两种节，忠节与高节，都是个人的消极的表现。忠节至多造就一些失败的英雄，高节更只能造就一些明哲保身的自了汉，甚至于一些虚无主义者。原来气是动的，可以变化。我们常说志气，志是心之所向，可以在四方，可以在千里，志和气是配合着的。节却是静的，不变的；所以要“守节”，要不“失节”。有时候节甚至于是死的，死的节跟活的现实脱了榫，于是乎自命清高的人结果变了节，冯雪峰先生论到周作人，就是眼前的例子。从统治阶级的立场看，“忠言逆耳利于行”，忠臣到底是卫护着这个阶级的，而清高之士消纳了叛逆者，也是有利于这个阶级的。所以宋朝人说“饿死事小，失节事大”，原先说的是女人，后来也用来说士人，这正是统治阶级代言人的口气，但是也表示着到了那时代士的个人地位的增高和责任的加重。

“士”或称为“读书人”，是统治阶级最下层的单位，并非“帮闲”。他们的利害跟君相是共同的，在朝固然如此，在野也未尝不如此。固然在野的处士可以不受君臣名分的束缚，可以“不事王侯，高尚其事”，但是他们得吃饭，这饭恐怕还得靠农民耕给他们吃，而这些农民大概是属于他们做官的祖宗的遗产的。“躬耕”往往是一句门面话，就是偶然有个把真正躬耕的如陶渊明，精神上或意识形态上也还是在负着天下兴亡之责的士，陶的《述酒》等诗就是证据。可见处士虽然有时横议，那只是自家人吵嘴闹架，他们生活的基础一般的主要的还是在农民的劳动上，跟君主与在朝的大夫并无两样，而一般的主要的意识形态，彼此也是一致的。

然而士终于变质了，这可以说是到了民国时代才显著。从清朝末年开设学校，教员和学生渐渐加多，他们渐渐各自形成一个集团；其中有不少的人参加革新运动或革命运动，而大多数也倾向着这两种运动。这已是气重于节了。等到民国成立，理论上人民是主人，事实上是军阀争权。这时代的教员和学生意识着自己的主人身份，游离了统治的军阀；他们是在野，可是由于军阀政治的腐败，却渐渐获得了一种领导的地位。他们虽然还不能和民众打成一片，但是已经在渐渐的接近民众。五四运动划出了一个新时代。自由主义建筑在自由职业和社会分工的基础上。教员是自由职业者，不是官，也不是候补的官。学生也可以选择多元的职业，不是只有做官一路。他们于是从统治阶级独立，不再是“士”或所谓“读书人”，而变成了“知识分子”，集体的就是“知识阶级”。残余的“士”或“读书人”自然也还有，不过只是些残余罢了。这种变质是中国现代化的过程的一段，而中国的知识阶级在这过程中也曾尽了并且还在想尽他们的任务，跟这时代世界上别处的知识阶级一样，也分享着他们一般的运命。若用气节的标准来衡量，这些知识分子或这个知识阶级开头是气重于节，到了现在却又似乎是节重于气了。

知识阶级开头凭着集团的力量勇猛直前，打倒种种传统，那时候是敢作敢为一股气。可是这个集团并不大，在中国尤其如此，力量到底有限，而与民众打成一片又不容易，于是碰到集中的武力，甚至加上外来的压力，就抵挡不住。而一方面广大的民众抬头要饭吃，他们也没法满足这些饥饿的民众。他们于是失去了领导的地位，逗留在这夹缝中间，渐渐感觉着不自由，闹了个“四大金刚悬空八只脚”。他们于是只能保守着自己，这也算是节罢；也想缓缓的落下地去，可是气不足，得等着瞧。可是这里的是偏于中年一代。青年代的知识分子却不如此，他们无视传统的“气节”，特别是那种消极的“节”，替代的是“正义感”，接着“正义感”的是“行动”，其实“正义感”是合并了“气”和“节”，“行动”还是“气”。这是他们的新的做人的尺度。等到这个尺度成为标准，知识阶级大概是还要变质的罢？

论吃饭

我们有自古流传的两句话：一是“衣食足则知荣辱”，见于《管子·牧民》篇，一是“民以食为天”，是汉朝郦食其说的。这些都是从实际政治上认出了民食的基本性，也就是说从人民方面看，吃饭第一。另一方面，告子说，“食色，性也”，是从人生哲学上肯定了食是生活的两大基本要求之一。《礼记·礼运》篇也说到“饮食男女，人之大欲存焉”，这更明白。照后面这两句话，吃饭和性欲是同等重要的，可是照这两句话里的次序，“食”或“饮食”都在前头，所以还是吃饭第一。

这吃饭第一的道理，一般社会似乎也都默认。虽然历史上没有明白的记载，但是近代的情形，据我们的耳闻目见，似乎足以教我们相信从古如此。例如苏北的饥民群到江南就食，差不多年年有。最近天津《大公报》登载的费孝通先生的《不是崩溃是瘫痪》一文中就提到这个。这些难民虽然让人们讨厌，可是得给他们饭吃。给他们饭吃固然也有一二成出于慈善心，就是恻隐心，但是八九成是怕他们，怕他们铤而走险，“小人穷斯滥矣”，什么事做不出来！给他们吃饭，江南人算是认了。

可是法律管不着他们吗？官儿管不着他们吗？干吗要怕要认呢？可是法律不外乎人情，没饭吃要吃饭是人情，人情不是法律和官儿压得下的。没饭吃会饿死，严刑峻罚大不了也只是个死，这是一群人，群就是力量：谁怕谁！在怕的倒是那些有饭吃的人们，他们没奈何只得认点儿。所谓人情，就是自然的需求，就是基本的欲望，其实也就是基本的权利。但是饥民群还不自觉有这种权利，一般社会也还不会认清他们有这种权利；饥民群只是冲动的要吃饭，而一般社会给他们饭吃，也只是默认了他们的道理，这道理就是吃饭第一。

三十年夏天笔者在成都住家，知道了所谓“吃大户”的情形。那正是青黄不接的时候，天又干，米粮大涨价，并且不容易买到手。于是乎一群一群的贫民一面抢米仓，一面“吃大户”。他们开进大户人家，让他们煮出饭来吃了就走。这叫做“吃大户”。“吃大户”是和平的手段，照惯例是不能拒绝的，虽然被吃的人家不乐意。当然真正有势力的尤其有枪杆的大户，穷人们也识相，是不敢去吃的。敢去吃的那些大户，被吃了也只好认了。那回一直这样吃了两三天，地面上一面赶办平粜，一面严令禁止，才打住了。据说这“吃大户”是古风；那么上文说的饥民就食，该更是古风吧。

但是儒家对于吃饭却另有标准。孔子认为政治的信用比民食更重，孟子倒是以民食为仁政的根本；这因为春秋时代不必争取人民，战国时代就非争取人民不可。然而他们论到士人，却都将吃饭看做一个不足重轻的项目。孔子说，“君子固穷”，说吃粗饭，喝冷水，“乐在其中”，又称赞颜回吃喝不够，“不改其乐”。道学家称这种乐处为“孔颜乐处”，他们教人“寻孔颜乐处”，学习这种为理想而忍饥挨饿的精神。这理想就是孟子说的“穷则独善其身，达则兼善天下”，也就是所谓“节”和“道”。孟子一方面不赞成告子说的“食色，性也”，一方面在论“大丈夫”的时候列入了“贫贱不能移”一个条件。战国时代的“大丈夫”，相当于春秋时的“君子”，都是治人的劳心的人。这些人虽然也有饿饭的时候，但是一朝得了时，吃饭是不成问题的，不像小民往往一辈子为了吃饭而挣扎着。因此士人就不难将道和节放在第一，而认为吃饭好像是一个不足重轻的项目了。

伯夷、叔齐据说反对周武王伐纣，认为以臣伐君，因此不食周粟，饿死在首阳山。这也是只顾理想的节而不顾吃饭的。配合着儒家的理论，伯夷、叔齐成为士人立身的一种特殊的标准。所谓特殊的标准就是理想的最高的标准；士人虽然不一定人人都要做到这地步，但是能够做到这地步最好。

经过宋朝道学家的提倡，这标准更成了一般的标准，士人连妇女都要做到这地步。这就是所谓“饿死事小，失节事大”。这句话原来是论妇女的，后来却扩而充之普遍应用起来，造成了无数的惨酷的愚蠢的殉节事件。这正是“吃人的礼教”。人不吃饭，礼教吃人，到了这地步总是不合理的。

士人对于吃饭却还有另一种实际的看法。北宋的宋郊、宋祁兄弟俩都做了大官，住宅挨着。宋祁那边常常宴会歌舞，宋郊听不下去，教人和他弟弟说，问他还记得当年在和尚庙里咬菜根否？宋祁却答得妙：请问当年咬菜根是为什么来着！这正是所谓“吃得苦中苦，方为人上人”。做了“人上人”，吃得好，穿得好，玩儿得好；“兼善天下”于是成了个幌子。照这个看法，忍饥挨饿或者吃粗饭、喝冷水，只是为了有朝一日可以大吃大喝，痛快的玩儿。吃饭第一原是人情，大多数士人恐怕正是这么在想。不过宋郊、宋祁的时代，道学刚起头，所以宋祁还敢公然表示他的享乐主义；后来士人的地位增进，责任加重，道学的严格的标准掩护着也约束着在治者地位的士人，他们大多数心里尽管那么在想，嘴里却就不敢说出。嘴里虽然不敢说出，可是实际上往往还是在享乐着。于是他们多吃多喝，就有了少吃少喝的人；这少吃少喝的自然是被治的广大的民众。

民众，尤其农民，大多数是听天由命安分守己的，他们惯于忍饥挨饿，几千年来都如此。除非到了最后关头，他们是不会行动的。他们到别处就食，抢米，吃大户，甚至于造反，都是被逼得无路可走才如此。这里可以注意的是他们不说话；“不得了”

就行动，忍得住就沉默。他们要饭吃，却不知道自己应该有饭吃；他们行动，却觉得这种行动是不合法的，所以就索性不说什么话。说话的还是士人。他们由于印刷的发明和教育的发展等等，人数加多了，吃饭的机会可并不加多，于是许多人也感到吃饭难了。这就有了“世上无如吃饭难”的慨叹。虽然难，比起小民来还是容易。因为他们究竟属于治者，“百足之虫，死而不僵”，有的是做官的本家和亲戚朋友，总得给口饭吃；这饭并且总比小民吃的好。孟子说做官可以让“所识穷乏者得我”，自古以来做了官就有引用穷本家穷亲戚穷朋友的义务。到了民国，黎元洪总统更提出了“有饭大家吃”的话。这真是“菩萨”心肠，可是当时只当作笑话。原来这句话说在一位总统嘴里，就是贤愚不分，赏罚不明，就是糊涂。然而到了那时候，这句话却已经藏在差不多每一个士人的心里。难得的倒是这糊涂！

第一次世界大战加上五四运动，带来了一连串的变化，中华民国在一颠一拐的走着之字路，走向现代化了。我们有了知识阶级，也有了劳动阶级，有了索薪，也有了罢工，这些都在要求“有饭大家吃”。知识阶级改变了士人的面目，劳动阶级改变了小民的面目，他们开始了集体的行动；他们不能再安贫乐道了，也不能再安分守己了，他们认出了吃饭是天赋人权，公开的要饭吃，不是大吃大喝，是够吃够喝，甚至于只要有吃有喝。然而这还只是刚起头。到了这次世界大战当中，罗斯福总统提出了四大自由，第四项是“免于匮乏的自由”。“匮乏”自然以没饭吃为首，人们至少该有免于没饭吃的自由。这就加强了人民的吃饭权，也肯定了人民的吃饭的要求；这也是“有饭大家吃”，但是着眼在平民，在全民，意义大不同了。

抗战胜利后的中国，想不到吃饭更难，没饭吃的也更多了。到了今天一般人民真是不得了，再也忍不住了，吃不饱甚至没饭吃，什么礼义什么文化都说不上。这日子就是不知道吃饭权也会起来行动了，知道了吃饭权的，更怎么能够不起来行动，要求这种“免于匮乏的自由”呢？于是学生写出“饥饿事大，读书事小”的标语，工人喊出“我们要吃饭”的口号。这是我们历史上第一回一般人民公开的承认了吃饭第一。这其实比闷在心里糊涂的骚动好得多；这是集体的要求，集体是有组织的，有组织就不容易大乱了。可是有组织也不容易散；人情加上人权，这集体的行动是压不下也打不散的，直到大家有饭吃的那一天。

沉　默

沉默是一种处世哲学，用得好时，又是一种艺术。

谁都知道口是用来吃饭的，有人却说是用来接吻的。我说满没有错儿；但是若统计起来，口的最多的（也许不是最大的）用处，还应该是说话，我相信。按照时下流行的议论，说话大约也算是一种"宣传"，自我的宣传。所以说话彻头彻尾是为自己的事。若有人一口咬定是为别人，凭了种种神圣的名字；我却也愿意让步，请许我这样说：说话有时的确只是间接地为自己，而直接的算是为别人！

自己以外有别人，所以要说话；别人也有别人的自己，所以又要少说话或不说话。于是乎我们要懂得沉默。你若念过鲁迅先生的《祝福》，一定会立刻明白我的意思。

一般人见生人时，大抵会沉默的，但也有不少例外。常在火车轮船里，看见有些人迫不及待似的到处向人问讯，攀谈，无论那是搭客或茶房，我只有羡慕这些人的健康；因为在中国这样旅行中，竟会不感觉一点儿疲倦！见生人的沉默，大约由于原始的恐惧，但是似乎也还有别的。假如这个生人的名字，你全然不熟悉，你所能做的工作，自然只是有意或无意的防御——像防御一个敌人。沉默便是最安全的防御战略。你不一定要他知道你，更不想让他发现你的可笑的地方——一个人总有些可笑的地方不是？——你只让他尽量说他所要说的，若他是个爱说的人。末了你恭恭敬敬和他分别。假如这个生人，你愿意和他做朋友，你也还是得沉默。但是得留心听他的话，选出几处，加以简短的，相当的赞词；至少也得表示相当的同意。这就是知己的开场，或说起码的知己也可。假如这个人是你所敬仰的或未必敬仰的“大人物”，你记住，更不可不沉默！大人物的言语，乃至脸色眼光，都有异样的地方；你最好远远地坐着，让那些勇敢的同伴上前线去。——自然，我说的只是你偶然地遇着或随众访问大人物的时候。若你愿意专诚拜谒，你得另想办法；在我，那却是一件可怕的事。——你看看大人物与非大人物或大人物与大人物间谈话的情形，准可以满足，而不用从牙缝里迸出一个字。说话是一件费神的事，能少说或不说以及应少说或不说的时候，沉默实在是长寿之一道。至于自我宣传，诚哉重要——谁能不承认这是重要呢？——但对于生人，这是白费的；他不会领略你宣传的旨趣，只暗笑你的宣传热；他会忘记得干干净净，在和你一鞠躬或一握手以后。

朋友和生人不同，就在他们能听也肯听你的说话——宣传。这不用说是交换的，但是就是交换的也好。他们在不同的程度下了解你，谅解你；他们对于你有了相当的趣味和礼貌。你的话满足他们的好奇心，他们就趣味地听着；你的话严重或悲哀，他们因为礼貌的缘故，也能暂时跟着你严重或悲哀。在后一种情形里，满足的是你；他们所真感到的怕倒是矜持的气氛。他们知道“应该”怎样做；这其实是一种牺牲，“应该”也“值得”感谢的。但是即使在知己的朋友面前，你的话也还不应该说得太多；同样的故事，情感，和警句，隽语，也不宜重复的说。《祝福》就是一个好榜样。你应该相当的节制自己，不可妄想你的话占领朋友们整个的心——你自己的心，也不会让别人完全占领呀。你更应该知道怎样藏匿你自己。只有不可知，不可得的，才有人去追求；你若将所有的尽给了别人，你对于别人，对于世界，将没有丝毫意义，正和医学生实习解剖时用过的尸体一样。那时是不可思议的孤独，你将不能支持自己，而倾仆到无底的黑暗里去。一个情人常喜欢说：“我愿意将所有的都献给你！”谁真知道他或她所有的是些什么呢？第一个说这句话的人，只是表示自己的慷慨，至多也只是表示一种理想；以后跟着说的，更只是“口头禅”而已。所以朋友间，甚至恋人间，沉默还是不可少的。你的话应该像黑夜的星星，不应该像除夕的爆竹——谁稀罕那彻宵的爆竹呢？而沉默有时更有诗意。譬如在下午，在黄昏，在深夜，在大而静的屋子里，短时的沉默，也许远胜于连续不断的倦怠了的谈话。有人称这种境界为“无言之美”，你瞧，多漂亮的名字！——至于所谓“拈花微笑”，那更了不起了！

可是沉默也有不行的时候。人多时你容易沉默下去，一主一客时，就不准行。你的过分沉默，也许把你的生客惹恼了，赶跑了！倘使你愿意赶他，当然很好；倘使你不愿意呢，你就得不时的让他喝茶，抽烟，看画片，读报，听话匣子，偶然也和他谈谈天气，时局——只是复述报纸的记载，加上几个不能解决的疑问——，总以引他说话为度。于是你点点头，哼哼鼻子，时而叹叹气，听着。他说完了，你再给起个头，照样的听着。但是我的朋友遇见过一个生客，他是一位准大人物，因某种礼貌关系去看我的朋友。他坐下时，将两手笼起，搁在桌上。说了几句话，就止住了，两眼炯炯地直看着我的朋友。我的朋友窘极，好容易陆陆续续地找出一句半句话来敷衍。这自然也是沉默的一种用法，是上司对属僚保持威严用的。用在一般交际里，未免太露骨了；而在上述的情形中，不为主人留一些余地，更属无礼。大人物以及准大人物之可怕，正在此等处。至于应付的方法，其实倒也有，那还是沉默；只消照样笼了手，和他对看起来，他大约也就无可奈何了罢？

诗歌

睡吧，小小的人

同住的查君从伊文思书馆寄来的书目里，
得着一小幅西妇抚儿图，下面题道，
“Sleep，Little One”. 这幅画很为可爱。
“睡吧，小小的人。”
明明的月照着，
微微的风吹着——一阵阵花香，
睡魔和我们靠着。
“睡吧，小小的人。”
你满头的金发蓬蓬地覆着，
你碧绿的双瞳微微地露着，
你呼吸着生命底呼吸。
呀，你浸在月光里了，
光明的孩子，——爱之神！
“睡吧，小小的人。”

夜底光，

花底香，

母的爱，

稳稳地笼罩着你。

你静静地躺在自然底摇篮里，

什么恶魔敢来扰你！

“睡吧，小小的人。”

我们睡吧，

睡在上帝底怀里：

他张开慈爱的两臂，

搂着我们；

他光明的唇，

吻着我们；

我们安心睡吧，

睡在他的怀里。

“睡吧，小小的人。”

明明的月照着，

微微的风吹着——一阵阵花香，

睡魔和我们靠着。

小　鸟

清早颤巍巍的太阳光里，
两个小鸟结着伴，不住的上下飞跳。
他俩不知商量些什么，
只是咭咭呱呱的乱叫。
细碎的叫声，
夹着些微笑；
笑里充满了自由，
他们却丝毫不觉。
他们仿佛在说：
“我们活着便该跳该叫。
生命给的欢乐，
谁也不会从我们手里夺掉。”

光　明

风雨沉沉的夜里，
前面一片荒郊。
走尽荒郊，
便是人们底道。
呀！黑暗里歧路万千，
叫我怎样走好？
“上帝！快给我些光明罢，
让我好向前跑！”
上帝慌着说，“光明？
我没处给你找！
你要光明，
你自己去造！”

歌　声

好嘹亮的歌声！
黑暗的空地里，
仿佛充满了光明。
我波澜汹涌的心，
像古井般平静；
可是一些没冷，
还深深地含着缕缕微温。
甚么世界？
甚么我和人？
我全忘记了，——一些不省！
只觉轻飘飘的，好像浮着，
随着那歌声的转折，
一层层往里追寻。

满月的光

好一片茫茫的月光，
静悄悄躺在地上！
枯树们的疏影，
荡漾出她们伶俐的模样。
仿佛她所照临，
都在这般伶伶俐俐地荡漾；
一色内外清莹，
再不见纤毫翳障。
月啊！我愿永永浸在你的光明海里，
长是和你一般雪亮！

小　草

睡了的小草，
如今苏醒了！
立在太阳里，
欠伸着，揉她们的眼睛。
萎黄的小草，
如今绿色了！
俛仰惠风前，
笑迷迷地彼此向着。
不见了的小草，
如今随意长着了！
鸟儿快乐的声音，
“同伴，我们别得久了！”
好浓的春意呵！

可爱的小草，我们的朋友，

春带了你来么？

你带了她来呢？

北河沿底夜

沉默的天宇，
闪烁的灯光；
暗里流动着小河，
两岸欹斜着柳树。
树们相向俛着，
要握手么？
在商量小河底秘密么？
树们俛看小河，
河里深深地映出许多影子。
这也是他们自己么？
是他们生命底征象吧？
岸上的灯光，
从树缝里偷偷进来；
照得小河面上斑斑驳驳，

白一块，黑一块的，
像天将明时，东方的云一样。
那白处露出历历的皱纹，
显出黑暗里小河生活底烦闷。

沪杭道中

雨儿一丝一丝地下着，
每每的田园在雨里浴着，
一片青黄的颜色越发鲜艳欲滴了！
青的新出的秧针，
一块块错落地铺着；
黄的割下的麦子，
把把地叠着；
还有深黑色待种的水田，
和青的黄的间着；
好一张彩色花毡呵！
一处处小河缓缓地流着；
河上有些窄窄的板桥搭着；
河里几只小船自家横着；
岸旁几个人撑着伞走着；

那边田里一个农夫，披了蓑，戴了笠，
慢慢地跟着一只牛将地犁着；
牛儿走走歇歇，往前看着。
远远天和地密密地接了。
苍茫里有些影子，
大概是些丛树和屋宇罢？
却都给烟雾罩着了。
我们在烟雾里，花毡上过着；
雨儿还在一丝一丝地下着。

秋

惨澹的长天板着脸望下瞧着，
小院里两株亭亭的绿树掩映着。
一阵西风吹来，他们的叶子都颤起来了，
仿佛怕摇落的样子——
西风是报信的？
呀！飒飒地又下雨了，
叶子被打得格外颤了。
雨里一个人立着，不声不响的，
也在颤着；
好久，他才张开两臂低声说，
“秋天来了！”

自白

朋友们硬将担子放在我肩上；
他们从容去了。
担子渐渐将我压扁；
他说，“你如今全是‘我的’了。”
我用尽两臂的力，
想将他掇开去。
但是——迟了些！
成天蜷曲在担子下的我，
便当那儿是他的全世界；
灰色的冷光四面反映着他，
一切都板起脸向他。
但是担子他手里终会漏光；
我昏花的两眼看见了：
四围不都是鲜嫩的花开着吗？

绯颊的桃花，粉面的荷花，
金粟的桂花，红心的梅花，
都望着我舞蹈，狂笑；
笑里送过一阵阵幽香，
全个儿的我给它们薰透了！
我像一个疯子，
周身火一般热着：
两只枯瘦的手拼命地乱舞，
一双软弱的脚尽力地狂踏；
扯开哑了的喉咙，
大声地笑着喝着；
甚么都像忘记了？
但是——
担子他的手又突然遮掩来了！

心悸

给我心的
给我未生者底心。
世界是太大了，
她只是悸呵。
我把嘴儿亲她，
泪儿洗她。……
我放她在太阳底下，
让他照她，
和风吹她，
细雨润她，……
我薰她在蔷薇园里，
我暖她在鹧鸪腹下。……
父底爱，
妻底爱，

爱我的底爱，

旋涡般流着她。……

世界是太大了，

她只是悸呵！

给我心的……

恕我无力；

还了你这悸的也罢！

旅 路

我再三说，我倦了，
恕我，不能上前了！
春底旅路里所有的悦乐，
我曾尽力用我浅量的心吸饮。
悦乐到底干涸，
我的力量也暗中流去。
恕我，不能上前了！
希望逼迫地引诱我，
又安慰我，
“就回去哩！”
我不信希望，
却被勒着默默地将运命交付了她。——
无力的人们
怎能行他所愿呢？

焦了每次微跳的心，
竭了每滴潜藏的力：
唉！眼前已是我的屋里了！
唉！眼前已是我的屋里了！
疲倦电一般抽搐着全身；
我倒在地上，
我空伸着两手躺在地上！
上帝，你拿去我所有的，
赐我些什么呢？
可怜你无力的被创造者，
别玩弄地宠着了；
取回他所仅存的，
兑给他“安息”吧！——
他专等着这个哩。

人　间

那蓝褂儿，草鞋儿，
赤了腿，敞着胸的朋友，
挑副空的箩担来了。
他远远地见着——
见了歧路中彷徨的我；
他亲亲热热地招呼，
“你到哪里？”
我意外地听他，
迫切地答他时，
他殷勤勤指点我；
他有黑而干燥的面庞，
灰色凝滞的眼光，
和那天然的粗涩的声调。
从这些里，

我接触着他纯白的真心。
但是，我们并不曾相识。
她穿的紫袄儿，
系的黑裙儿，
走在她母亲后面。
她伶俐的身材，
停匀的脚步，
和那白色的脸儿：
端庄，沉静，又和蔼的，
妙庄严的脸儿：
在我车子过时，
一闪地都收入我眼底。
那时她用融融的眼波随意地看我；
我回过头时，
她还在看我：——
真的，她再三看我。
从她双眼里，
我接触着她烂漫的真心。
但是，我们并不曾相识。

湖 上

绿醉了湖水，

柔透了波光；

擎着——擎着，

从新月里流来一瓣小小的小船儿：

白衣的平和女神们

随意地厮并着——

柔绿的水波只兢兢兢兢地将她们载了。

舷边颤也颤的红花，

是的，白汪汪映着的一枝小红花呵。

一星火呢？

一滴血呢？

一点心儿吧？

她们柔弱的，但是喜悦的，

爱与平和的心儿？

她们开始赞美她；

唱起美妙的，

不容我们听，只容我们想的歌来了。

白云依依地停着；

云雀痴痴地转着；

水波轻轻地汩着；

歌声只是袅袅娜娜着；

人们呢，

早被融化了在她们歌喉里。

天风从云端吹来，

拂着她们的美发；

她们从容用手掠了。

于是——挽着臂儿，

并着头儿，

点着足儿；

笑上她们的脸儿，

唱下她们的歌儿。

我们被占领了的，

满心里，满眼里，

企慕着在破船上。

她们给我们美尝了，

她们给我们爱饮了；
我们全融化了在她们里，
也在了绿水里，
也在了柔波里，
也在了小船里，
和她们的新月的心里。

黑　暗

这是一个黑漆漆的晚上，
我孤零零地在广场底角上坐着。
远远屋子里射出些灯光，
仿佛闪电的花纹，散着在黑绒毡上——
这些便是所有的光了。
他们有意无意地，
尽着微弱的力量跳荡，
看哪，一闪一烁地，
这些是黑暗底眼波哟！
颤动的他们里，
憧憧地几个人影转着；
周围的柏树默默无言地响着。……
一片——世界底声；市声，人声；
从远远近近所在吹来的，

汹涌着，融和着。……
这些是黑暗底心澜哟！
广场的确大了，
大到不能再大了：
黑暗底翼张开，
谁能想象他们的界线呢？——
他们又慈爱，又温暖，
什么都愿意让他们覆着；
所有的自己全被忘却了。
一切都黑暗，
“咱们一伙儿！”

睁　眼

夜被唤回时，
美梦从眼边飞去。
熹微的晨光里，
先锋们底足迹，
牧者们底鞭影，
都晃荡着了，
都照耀着了，
是怕？是羞？
于那漫漫的前路。
想裹足吗？徒然！
且一步步去挨着啵——
直到你眼不必睁、不能睁底时候。

静

淡淡的太阳懒懒地照在苍白的墙上；

纤纤的花枝绵绵地映在那墙上。

我们坐在一间“又大，又静，又空”的屋里，

慢腾腾地，甜蜜蜜地，

看着太阳将花影轻轻地，秒秒地移动了。

屋外鱼鳞似的屋；

螺髻似的山；

白练似的江；

明镜似的湖。

地上的一切，一层层屋遮了；

山上的，一叠叠青掩了；

水上的，一阵阵烟笼了。

我们尽默默地向着，

都不曾想什么；

只有一两个游客门外过着，

“珠儿”，“珠儿”地，雏鹰远远地唱着。

送韩伯画往俄国

天光还早，
火一般红云露出了树梢，
不住地燃烧，不住地流动；
黑漆漆的大路，
照得闪闪铄铄的，有些分明了。

立着一个绘画的学徒，
通身凝滞了的血都沸了；
他手舞足蹈地唱起来了：

“红云呵！
鲜明美丽的云呵！
你给了我一个新生命！
你是宇宙神经的一节；

你是火的绘画——
谁画的呢?
我愿意放下我所曾有的,
跟着你走;
提着真心跟着你!”
他果然赤裸裸的从大路上向红云跑去了!

祝福你绘画的学徒!
你将在红云里,
偷着宇宙的密意,
放在你的画里;
可知我们都等着哩!

侮辱

“请客气些！
设法一个舱位！”
“哼哼——
没有，没有！
你认得字吧？
看这张定单！——
不要紧——不用忙；
坐坐；
我筛杯茶你喝了去——”
他无端地以冷笑嘲弄我，
意外地以言语压迫我；
我也是有血的，
怎能不涨红了脸呢？
可是——也说不出什么，

只喃喃了两声，
便愤愤然走了。
我觉得所失远在舱位以上了！
我觉得所感远在愤怒以上了！
被遗弃的孤寂哪，
无友爱的空虚哪：
我心寒了，
我心死了！
却猛然间想到，
昨晚的台州！
逼窄的小舱里，
黄晕的灯光下，
朋友们的十二分的好意！
便轻易忘记了么？
我真是罪过的人哪。
于是——我心头又微微温转来了；
于是——我才能苟延残喘于人间世了！

毁　灭

六月间在杭州。因湖上三夜的畅游，教我觉得飘飘然如轻烟，如浮云，丝毫立不定脚跟。当时颇以诱惑的纠缠为苦，而亟亟求毁灭。情思既涌，心想留些痕迹。但人事忙忙，总难下笔。暑假回家，却写了一节；但时日迁移，兴致已不及从前好了。九月间到此，续写成初稿；相隔更久，意态又差。直到今日，才算写定，自然是没劲儿的！所幸心境还不曾大变，当日情怀，还能竭力追摹，不至很有出入；姑存此稿，以备自己的印证。

踯躅在半路里，
垂头丧气的，
是我，是我！
五光吧，
十色吧，
罗列在咫尺之间：

这好看的呀！
那好听的呀！
闻着的是浓浓的香，
尝着的是腻腻的味；
况手所触的，
身所依的，
都是滑泽的，
都是松软的！
靡靡然！
怎奈何这靡靡然？——
被推着，
被挽着，
长只在俯俯仰仰间，
何曾做得一分半分儿主？
在了梦里，
在了病里；
只差清醒白醒的时候！
白云中有我，
天风的飘飘，
深渊里有我，
伏流的滔滔；

只在青青的，青青的土泥上，
不曾印着浅浅的，隐隐约约的，我的足迹！
我流离转徙，
我流离转徙；
脚尖儿踏呀，
却踏不上自己的国土！
在风尘里老了，
在风尘里衰了，
仅存的一个懒恹恹的身子，
几堆黑簇簇的影子！
幻灭的开场，
我尽思尽想：
“亲亲的，虽渺渺的，
我的故乡——我的故乡！
回去！回去！”

虽有茫茫的淡月，
笼着静悄悄的湖面，
雾露濛濛的，
雾露濛濛的；
仿仿佛佛的群山，

正安排着睡了。
萤火虫在雾里找不着路，
只一闪一闪地乱飞。
谁却放荷花灯哩？
“哈哈哈哈……”
“嚇哧哧……”
夹着一缕低低的箫声，
近处的青蛙也便响起来了。
是被摇荡着，
是被牵惹着，
说已睡在“月姊姊的臂膊”里了；
真的，谁能不飘飘然而去呢？
但月儿其实是寂寂的，
萤火虫也不曾和我亲近，
欢笑更显然是他们的了。
只有箫声，
曾引起几番的惆怅；
但也是全不相干的，
箫声只是箫声罢了。
摇荡是你的，
牵惹是你的，

他们各走各的道儿，

谁理睬你来？

横竖做不成朋友，

缠缠绵绵有些什么！

孤零零的，

冷清清的，

没味儿，没味儿，

还是掉转头，

走你自家的路。

回去！回去！

虽有雪样的衣裙，

现已翩翩地散了，

仿佛清明日子烧剩的白的纸钱灰。

那活活像小河般流着的双眼，

含蓄过多少意思，蕴藏过多少话句的，

也干涸了，

干到像烈日下的沙漠。

漆黑的发，

成了蓬蓬的秋草；

吹弹得破的面孔，

也只剩一张褐色的蜡型。

况花一般的笑是不见一痕儿，
珠子一般的歌喉是不透一丝儿！
眼前是光光的了，
总只有光光的了。
撇开吧！
还撇些什么！
回去！回去！

虽有如云的朋友，
互相夸耀着，
互相安慰着，
高谈大笑里，
送了多少的时日；
而饮啖的豪迈，
游踪的密切，
岂不像繁茂的花枝，
赤热的火焰哩！
这样被说在许多口里，
被知在许多心里的，
谁还能相忘呢？
但一丢开手，

事情便不同了：
翻来是云，
覆去是雨，
别过脸，
掉转身，
认不得当年的你！——
原只是一时遣着兴吧了，
谁当真将你放在心头呢？
于是剩了些淡淡的名字——
莽莽苍苍里，
便留下你独个，
四围都是空气吧，
四围都是空气吧！
还是摸索着回吧；
那里倒许有自己的弟兄姊妹
切切地盼望着你。
回去！回去！

虽有巧妙的玄言，
像天花的纷坠；
在我双眼的前头，

展示渺渺如轻纱的憧憬——
引着我飘呀，飘呀，
直到三十三天之上。
我拥在五色云里，
灰色的世间在我的脚下——
小了，更小了，
远了，几乎想也想不到了。
但是下界的罡风
总归呼呼地倒旋着，
吹入我丝丝的肌里！
摇摇荡荡的我，
倘是跌下去呵，
将像泄着气的轻气球，
被人践踏着顽儿，
只余嗤嗤的声响！
况倒卷的罡风，
也将像三尖两刃刀，
劈分我的肌里呢？——
我将被肢解在五色云里；
甚至化一阵烟，
袅袅地散了。

我战栗着，

“念天地之悠悠”……

回去！回去！

虽有饿着的肚子，

拘挛着的手，

乱蓬蓬秋草般长着的头发，

凹进的双眼，

和软软的脚，

尤其灵弱的心；

都引着我下去，

直向底里去，

教我抽烟，

教我喝酒，

教我看女人。

但我在迷迷恋恋里，

虽然混过了多少时刻，

只不让步的是我的现在，

他不容你不理他！

况我也终于不能支持那迷恋人的，

只觉肢体的衰颓，

心神的飘忽，
便在迷恋的中间，
也潜滋暗长着哩！
真不成人样的我，
就这般轻轻地速朽了么？
不！不！
趁你未成残废的时候，
还可用你仅有的力量！
回去！回去！

虽有死仿佛像白衣的小姑娘，
提着灯笼在前面等我，
又仿佛像黑衣的力士，
擎着铁锤在后面逼我——
在我烦忧着就将降临的败家的凶惨，
和一年来骨肉间的仇视（互以血眼相看着）的时候；
在我为两肩上的人生的担子
压到不能喘气，
又眼见我的收获，
渺渺如远处的云烟的时候；
在我对着黑绒绒又白漠漠的将来，

不知取怎样的道路，
却尽徘徊于迷悟之纠纷的时候：
那时候她和他便隐隐显现了，
像有些什么，
又像没有——
凭这样的不可捉摸的神气，
真尽够教我向往了。
去，去，
去到她的，他的怀里吧。
好了，她望我招手了，
他也望我点头了。……
但是，但是，
她和他正都是生客，
教我有些放心不下；
他们的手飘浮在空气里，
也太渺茫了，
太难把握了，
教我怎好和他们相接呢？
况死之国又是异乡，
知道它什么土宜哟！
只有在生之原上，

我是熟悉的；
我的故乡在记忆里的，
虽然有些模糊了，
但它的轮廓我还是透熟的，——
哎呀！故乡它不正张着两臂迎我吗？
瓜果是熟的有味；
地方和朋友也是熟的有味；
小姑娘呀，
黑衣的力士呀，
我宁愿回我的故乡，
我宁愿回我的故乡；
回去！回去！
归来的我挣扎挣扎，
拨烟尘而见自己的国土！
什么影像都泯没了，
什么光芒都收敛了；
摆脱掉纠缠，
还原了一个平平常常的我！
从此我不再仰眼看青天，
不再低头看白水，
只谨慎着我双双的脚步；

我要一步步踏在土泥上，
打上深深的脚印！
虽然这些印迹是极微细的，
且必将磨灭的，
虽然这迟迟的行步
不称那迢迢无尽的程途，
但现在平常而渺小的我，
只看到一个个分明的脚步，
便有十分的欣悦——
那些远远远远的
是再不能，也不想理会的了。
别耽搁吧，
走！走！走！

细　雨

东风里
掠过我脸边，
星呀星的细雨，
是春天的绒毛呢。

赠A. S.

你的手像火把，
你的眼像波涛，
你的言语如石头，
怎能使我忘记呢？
你飞渡洞庭湖，
你飞渡扬子江：
你要建红色的天国在地上！
地上是荆棘呀，
地上是狐兔呀，
地上是行尸呀：
你将为一把快刀，
披荆斩棘的快刀！
你将为一声狮子吼。
狐兔们披靡奔走！
你将为春雷一震.

让行尸们惊醒！
我爱看你的骑马，
在尘土里驰骋——
一会儿，不见踪影！
我爱看你的手杖，
那铁的铁的手杖：
它有颜色，有斤两，有铮铮的声响！
我想你是一阵飞沙走石的狂风，
要吹倒那不能摇撼的黄金的王宫！
那黄金的王宫！
呜……吹呀！
去年一个夏天大早我见着你：
你何其憔悴呢？
你的眼还涩着，
你的发太长了！
但你的血的热加倍的薰灼着！
在灰泥里辗转的我，
仿佛被焙炙着一般！——
你如郁烈的雪茄烟，
你如酽酽的白兰地，
你如通红通红的辣椒，
我怎能忘记你呢？

风　尘

——兼赠F君

莽莽的罡风，

将我吹入黄沙的梦中。

天在我头上旋转，

星辰都像飞舞的火鸦了！

地在我脚下回旋，

山河都向着我滚滚而来了！

乱沙打在我面上时，

我才略略认识了自己；

我的眼好容易微微的张开——

好利害的沙呀！

砖石变成了鸽子纷纷的飞；

朦胧的绿树大刷帚似的，

从我脚边扫过去；
新插的秧针简直是软毛刷，
刷在我的颊上，腻腻儿的。
牛马呀！牛马呀！
都飞起来了！
人呢，人也飞起来了——
墓中的死者也飞起来了！
呀，我在那儿呀？
也飞着哩！也飞着哩！
呀，F君，你呢？你呢？
也在什么地方飞吧？
来携手呀，
我们都在黄沙的梦里呀，
我们都在黄沙的梦里呀！

血　歌

——为五卅惨剧作

血是红的！

血是红的！

狂人在疾走，

太阳在发抖！

血是热的！

血是热的！

熔炉里的铁，

火山的崩裂！

血是长流的！

血是长流的！

长长的扬子江，

黄海的茫茫！
血的手！
血的手！
戟着指，
指着他我你！
血的眼！
血的眼！
团团火，
射着他你我！
血的口！
血的口！
申申詈，
唾着他我你！
中国人的血！
中国人的血！
都是兄弟们，
都是好兄弟们！
破了天灵盖！
断了肚肠子！
还是好兄弟们，
还是兄弟们！

我们的头还在颈上！

我们的心还在腔里！

我们的血呢？

我们的血呢？

“起哟！

起哟！”

给死者

你们的血染红了马路；
你们的血染红了人心！
日月将为你们而躲藏！
云雾将为你们而弥漫！
风必不息地狂吹；
雨必不息地降下！
黄浦江将永远地掀腾！
电线杆将永远地抖颤！
上海市将为你们而地震！
你们看全国的哀号！
你们看全国的丧服！
你们看全国颜面的沉默！
花将为你们失色，
鸟将为你们失音；

酒将不复在我们口中，
笑将不复在我们唇上！
仇敌呀！仇敌呀！
来，来，来，
我们将与他沉沦！
我们都将与他沉沦！

我的南方

我的南方，
我的南方！
那儿是山乡水乡！
那儿是醉乡梦乡！
五年来的彷徨，
羽毛般地飞扬！
如今是烟雾茫茫，
如今是烟雾茫茫！
隔了大海，
又隔了长江山。
天的苍苍，
风的浪浪。
我抬着眼儿望，
我想的在何方？
想我的在何方？
在楼上！

在湖旁！
低头的？
凝眺的？
招手的？

念名儿，
愿长毋相忘，
愿长毋相忘！
我的南方，
我的南方，
花人眼儿的，
是滴溜溜的珠光——
南方，
南方的好时光！
她那肯照到沙场上？
沙场上，
只有刀枪响，
至多只有一点滴儿葡萄酒香！
酒香里的梦也不长——
梦不长哟，
我的南方！